copyright © 2023 Camille Baclet
design de couverture © Camille Moreuille
Édition : BoD · Books on Demand, 31 avenue Saint-Rémy, 57600 Forbach, bod@bod.fr
Impression : Libri Plureos GmbH, Friedensallee 273, 22763 Hamburg (Allemagne)
tous droits réservés

ISBN : 978-2-3224-7791-3
édition : décembre 2024
dépôt légal : juillet 2023

Le Code de la propriété intellectuelle interdit les copies ou reproductions destinées à une utilisation collective. Toute représentation ou reproduction intégrale ou partielle faite par quelque procédé que ce soit, sans le consentement de l'auteur ou de ses ayants droit ou ayants cause, est illicite et constitue une contrefaçon, aux termes de l'article L.335-2 et suivant du Code de la propriété intellectuelle.

à mon arrière-grand-père, papi Pierrot

à Leia

à Juliette

note d'autrice et ressources

En posant ces mots sur ce papier numérique, je me rends compte que j'ai réalisé l'un de mes rêves : publier mon premier roman original. On parle souvent de la prouesse d'écrire un livre, mais on oublie tout le reste, notamment en auto-édition, où de multiples étapes obligatoires sont nécessaires pour construire un roman. Voilà pourquoi je suis d'autant plus fière de vous proposer aujourd'hui : *Sous les étoiles.*

Ayant toujours été quelqu'un de sensible, engagé, avec de nombreuses valeurs, il était normal que ce manuscrit le soit également. Il traite de thématiques qui me tenaient à cœur comme la reconstruction, l'amitié, l'amour, l'acceptation et l'amour de soi. Il contient aussi des sujets plus sombres et lourds, comme les traumatismes et le deuil.

Ce livre a aussi de nombreuses inspirations qui constituent l'ambiance de mon histoire, telles que : *Twilight, Outlander, Kiki la petite sorcière, Les souvenirs de Marnie, Orange, Heartstopper...* La musique et les mots sont également au cœur de ce récit; on les retrouve au détour de quelques paragraphes avec la prose de Nekfeu, Daniel Balavoine, Orelsan, One Direction...

Même quand on se pense perdu, que la vie n'a plus beaucoup de sens, et que l'on croit qu'il n'y a pas de solution, on peut s'en sortir. Il faut s'entourer des bonnes personnes, faire confiance de nouveau aux autres, à la vie, se donner les moyens d'aller mieux, se faire aider par des praticiens, quelque soit leur spécialité. C'est le message que j'ai voulu faire passer avec l'histoire de Jeanne.

Je crois en vous et j'espère que ce livre vous apportera comme à moi et Jeanne, la force de croire et de chérir la vie à chaque instant.

Si comme Jeanne vous êtes concerné par le deuil, que vous avez besoin d'aide, de parler à quelqu'un, voici quelques ressources :

– Le 01 42 38 08 08 : ligne d'écoute téléphonique nationale et gratuite, aide, soutien et conseils aux personnes endeuillées, confrontées à la mort d'un proche.

– Fédération européenne Vivre Son Deuil : association créée en 2001 par le psychiatre Michel Hanus. Elle apporte aide et soutien aux endeuillé. e. s à travers des entités locales en France et en Belgique. Cela se traduit par une écoute téléphonique, un accueil dans les centres en région, des ateliers et des conférences.

– FAVEC : Fédération des Associations de Conjoints Survivants et parents d'Orphelins : créée en 1949, cette association accueille, écoute et informe les veufs, veuves, orphelin. e. s. Elle offre un lieu d'écoute en tête-à-tête ou en groupe pour les personnes endeuillées et les oriente dans leurs démarches administratives et les aide si elles sont sans ressources.

– Apprivoiser l'Absence : association basée sur les groupes d'entraide pour parents, frères et sœurs en deuil, accompagne le deuil au sein d'un réseau, en apportant écoute, aide et soutien ; aide à tisser du lien social en évitant l'isolement et permettre à chacun. e de découvrir ses propres ressources.

Pour finir, si vous avez envie de savoir quel personnage vous êtes au sein de mon roman, je vous ai confectionné un quiz (à faire avant ou après la lecture pour plus de mystère…), et j'ai aussi créé une playlist pour vous accompagner tout au long du roman !

– **Quizz pour savoir qui tu es dans Sous les étoiles :**

– **QR code vers la playlist du roman :**

Deezer   Spotify

bonne lecture

avertissement

Un *trigger warning* est un avertissement destiné à signaler les contenus sensibles. Sentez-vous libre de vous y référer ou non.

Le roman, dans sa généralité, contient des sujets lourds comme le deuil et la mort en général. Il y a aussi des traumatismes, des crises d'angoisse, et une scène de sexe implicite.

Les *trigger warnings* ne signalent pas tous les passages ou paragraphes pouvant être oppressifs, angoissants, ou tristes pour les personnages. Ils indiquent les extraits les plus durs et les plus longs. Ils seront placés avant chaque chapitre concerné pour éviter les *spoilers* potentiels.

sous les étoiles

Camille Baclet

Chapitre 1

Dans la Bretagne reculée se trouvait une petite ville du nom de Luménirec, près de l'océan Atlantique, à moitié perchée sur les falaises de calcaire blanches. Dans cette bourgade, tout se savait. C'était là-bas que Jeanne emménagea pour l'été.

Pour le moment, elle était assise dans un bus, tenant fortement sa mallette en cuir contre sa poitrine comme si elle cherchait désespérément à la cacher. Elle aimait se faire la plus minuscule possible. Sa valise était dans la soute du véhicule. Elle avait revêtu le casque Marshall appartenant à son grand frère. Elle en caressa les extrémités, le regard triste. Cela faisait déjà trois ans, pourtant, Jeanne ne s'en était toujours pas remise. En même temps, comment pouvait-on survivre à un drame pareil?

Dans ses oreillettes passait *Strong* des One Direction qu'elle aimait pour la signification des paroles. Cette musique en particulier, traduisait le fait d'être forte, solide et invulnérable, parce qu'à ce moment précis, elle devait se convaincre de l'être. Mais l'était-elle vraiment? Si c'était le cas, la jeune fille n'aurait pas tout quitté pour venir vivre à Luménirec chez une parfaite inconnue, non?

Le bus vibrait intensément, tellement que cela lui donnait mal au dos. Elle regarda son reflet dans la vitre, remit l'une de ses mèches brunes devant sa figure pour cacher son visage. Ses taches de rousseur avaient toujours attiré l'attention, ainsi que sa kératose pilaire, de minuscules imperfections rouges parsemées sur ses bras.[1] Elle vérifia si ses manches recouvraient bien l'entièreté de sa maladie. Jeanne empoigna le bout de ces

---

1 kératose pilaire : une affection cutanée courante, inoffensive qui provoque de petites bosses dures. Elle donne aux parties du corps un aspect de «peau de poulet».

dernières dans le creux de ses paumes pour se rassurer. Peut-être qu'elle mourrait de chaud dans ce pull bleu marine par ces 25 degrés en cette fin du mois de juin, mais c'est ainsi qu'elle se sentit à l'aise.

Cela la changerait de Brest. Jeanne essaya de se calmer en observant le paysage rural, dont les nombreux troupeaux dans les champs, ou les forêts environnantes. Mais elle restait stressée, pour ne pas dire terrifiée. Pendant les prochains mois, Jeanne habiterait dans une maison de campagne chez une vieille dame : Marthe Petit. Elle cherchait quelqu'un pour nettoyer, ranger et rénover son antique bâtisse. Mais ce qu'elle voulait par-dessus tout était de la compagnie, et peut-être même une amie. Elle offrait le gîte et le couvert, ainsi qu'un petit salaire pendant toute la période estivale. C'était vraiment une annonce alléchante que Jeanne avait trouvée sur un site d'offres entre particuliers. Pourtant, elle y était allée sans grandes convictions. La chance lui avait peut-être souri. Et maintenant qu'elle était majeure, qu'elle avait fini le lycée et qu'elle pouvait partir de sa famille d'accueil actuelle, elle avait sauté sur l'occasion. Par son déménagement, Jeanne se persuadait que ces trois dernières années resteraient les pires et qu'un nouveau départ était sa chance de connaître la paix.

Perdue dans ses pensées, elle faillit ne pas se rendre compte que le bus ralentissait ni que l'arrêt Luménirec apparaissait en rouge sur l'écran.

Elle resserra de nouveau ses mains sur sa mallette de cuir, prête à se lever. Jeanne espérait sincèrement que ce séjour, partagé entre bord de mer et falaises abruptes, lui ferait du bien. Le véhicule interrompit sa course et Jeanne descendit en murmurant un petit «merci, au revoir». Elle était timide, mais polie. Peut-être que le chauffeur ne l'avait pas entendue, elle ne le saura jamais, car peu après avoir récupéré sa valise, le bus reprit sa route, ayant d'autres arrêts à desservir.

Jeanne attrapa la poignée de son bagage et passa la lanière de sa mallette autour de son cou et sur son épaule. Elle regarda autour d'elle, il y avait quelques premières maisons, une modeste boulangerie, et le fameux panneau de la petite ville. Elle humait l'odeur des croissants et du bon pain chaud. C'est à ce moment-là qu'elle se rendit compte que bien trop tiraillée par sa future vie et par manque d'argent, elle n'avait pas cru utile de s'acheter un en-cas ni de se restaurer sur le chemin. Elle caressa à nouveau le casque de son frère, sentant le plastique et le métal sous ses doigts et se força à avancer vers le centre du bourg.

Allez Jeanne. Tu vas y arriver. Tu n'as pas fait tout ce chemin jusqu'ici pour reculer.

Sur son passage elle rencontra des passants intrigués par sa présence. Apparemment, tout se savait ici, alors une tête nouvelle devait intéresser le village entier. Jeanne remit encore plus ses mèches devant son visage. Elle regarda le sol, elle ne souhaitait pas croiser le moindre regard. Et tant pis si elle se perdait. L'important était de se faire oublier. Elle sentait que ces futurs jours à Luménirec seraient éprouvants. Jeanne augmenta le son dans son casque.

Elle avança, comme cela, de longues minutes, traversant entièrement le village. Au bout de ce dernier se trouvait une patte d'oie. Le premier chemin se dirigeait vers la forêt, et un autre vers le hameau suivant. Enfin, le dernier menait à sa destination. Marthe Petit habitait seule, dans sa grande maison à l'orée du bois. Elle était isolée de tous, tout au bout de Luménirec.

La route n'était pas goudronnée, alors Jeanne avança en direction de la bâtisse, soulevant sa valise comme elle le pouvait, pour éviter de la rayer avec les nombreuses pierres et graviers.

Elle était bientôt arrivée.

Devant le portail en métal rouillé recouvert de roses et de clématites fanées, la brune n'osait pas rentrer. Ce n'était plus la saison. Elle le savait parce qu'elle se souvenait des enseignements de sa mère qui avait toujours eu la main verte. Elle n'allait pas non plus rester là toute la journée. Surtout que le soleil se faisait de plus en plus bas dans le ciel. Alors, après avoir pris une grande inspiration, elle ouvrit le portail et rentra dans le jardin luxuriant de la vieille Marthe.

L'odeur des plantes exubérantes la prit au nez. À travers les ronces, pissenlits et orties, elle se fraya un chemin jusqu'à l'impressionnant porche en bois de la maison. Quand elle grimpa le petit escalier, les marches craquèrent. Cela inquiéta beaucoup Jeanne, pourtant, elle continua d'avancer. Elle voulait dépasser l'événement funeste qu'elle avait traversé par le passé. Ce qu'elle ne savait pas encore, c'est qu'en empruntant l'imposante porte de Marthe, son quotidien ne serait plus jamais le même.

La sonnette était apparemment cassée, car Jeanne eût beau appuyer dessus brutalement, elle n'entendit aucun bruit. Alors, elle toqua trois coups et attendit, longtemps. Personne ne semblait venir. Elle avait retiré son casque pour écouter ne serait-ce qu'un son, un signe de vie. Jeanne colla son visage contre la vitre au milieu de la porte de bois écarlate écaillée. Mais elle était bien trop sale et rayée pour que Jeanne ne distingue quoi que ce soit à l'intérieur. Elle soupira, jusqu'à ce qu'une lumière apparaisse. Elle entendit enfin le cliquetis métallique d'un trousseau de clefs. La porte s'ouvrit sur une vieille dame de quatre-vingts ans qui devait être Marthe. Elle était petite et voûtée. Ses cheveux étaient d'un blanc immaculé et ses yeux d'un bleu perçant. À son cou se trouvaient des lunettes attachées à une chaînette en or, ainsi qu'un collier où pendait une belle pierre noire. Malgré l'état négligé de la maison derrière elle, l'octogénaire était habillée de façon coquette.

«Bonjour. Tu dois être Jeanne Lecomte?

— Oui, Madame Petit. C'est moi qui viens pour l'annonce.

— Je suis heureuse de faire ta connaissance. Tu verras, j'ai déjà envoyé un chèque à la banque avec le soutien de Ronan pour te dédommager du voyage.

Jeanne la regarda avec incompréhension, se demandant qui était ce Ronan. Les bras ballants, toujours bien chargée par ses affaires, elle n'osait pas rentrer dans la demeure.

— Oh. Que suis-je bête. Ronan est le maire du village. Parfois, il m'aide pour mes tâches administratives. Je n'y vois plus grand-chose à mon âge, gloussa-t-elle.

Marthe observa que Jeanne restait sur le pas de la porte, comme si en franchissant la limite il n'y avait plus de retour en arrière possible. Jeanne n'avait pas tort, puisque ce travail l'amenait vers d'autres aventures, loin de sa ville natale, de tout ce qu'elle avait connu. Elle se demandait si ce n'était pas préférable d'oublier tous ces souvenirs qui refaisaient surface dans son esprit.

Marthe, voyant que la jeune fille ne rentrait toujours pas, lui tendit la main.

— Entre donc, je vais prendre l'un de tes bagages et le porter dans ta chambre.»

Jeanne se souvenant pourquoi elle était là, refusa et suivit l'octogénaire au premier étage de la demeure. Son corps la faisait souffrir, il était douloureux du voyage. Comment elle allait pouvoir faire toutes les tâches que lui ordonnerait Marthe? Mais elle garda espoir, elle avait envie d'essayer, de se battre à nouveau, de vivre, même si rien que le fait de respirer était déchirant.

Gravissant les escaliers de bois massif, Jeanne entreprit d'observer l'entrée immense dans laquelle elle se trouvait. Au sol, le carrelage, qui avait l'air somptueux, était recouvert d'une énorme couche de crasse. Un lustre rutilant pendait au lieu de la pièce. De multiples placards rayés ou cassés étaient intégrés dans les murs le long des allées et des marches. Non pas que la maison était réellement sale ou dégradée, mais à force, c'était comme si tous les objets de cette demeure, les sols, les murs, s'étaient usés, ensevelis sous les nombreuses années.

Alors qu'elle s'engouffrait toujours plus loin dans le couloir du premier étage, Jeanne se demanda comment une vieille dame comme Marthe pouvait vivre seule dans une si grande maison. N'avait-elle jamais eu de mari? N'avait-elle véritablement aucune famille pour que le maire vienne l'aider? Et en même temps, si elle avait vraiment eu des personnes sur qui compter, Marthe n'aurait jamais fait cette annonce, non?

Jeanne s'obligea à faire taire toutes ces questions et avança dans le corridor, sa valise roulait sur l'antique parquet et le tapis immonde. Marthe et elle s'arrêtèrent devant une porte tout à fait quelconque.

«Voici ta chambre. J'espère qu'elle te conviendra. Elle a sa salle de bain individuelle. Je l'ai nettoyé comme je pouvais avec mes vieux os, je t'ai mis du linge propre sur le lit.»

Découvrant la pièce en question, Jeanne fut émerveillée. Alors oui, la décoration était d'un autre temps, mais cela avait son charme. Le vieux papier peint couvert de marguerites pouvait en témoigner. Au centre de la chambre se trouvait un immense lit à baldaquin. Le métal de ce dernier était rouillé par endroit et la peinture s'était écaillée. La pièce contenait une coiffeuse, une commode et une armoire pour ranger ses affaires. Le bois n'était plus aussi luisant qu'autre fois. Au pied du sommier se situait une banquette qui servait aussi de coffre. Jeanne n'avait pas vu ce genre de meuble depuis le décès de ses grands-parents. Le tout était éclairé de la lumière du crépuscule, cela donnait à la chambre un air mystique.

Jeanne éprouva la sensation que oui, ici, elle pourrait se sentir bien, peut-être même chez elle.

«Elle est parfaite. Merci Madame.

— C'est normal jeune fille. Ce soir, nous souperons à dix-neuf heures, donc dans une trentaine de minutes, dit Marthe en plissant les yeux devant sa montre qu'elle avait portée à son visage.

— D'accord.

— Bon, je te laisse prendre tes marques. Appelle-moi si tu as besoin de quoi que ce soit.»

Marthe savait-elle que c'était au rôle de Jeanne de s'occuper d'elle, et non l'inverse?

Elle hocha la tête et Marthe la laissa. La solitude et Jeanne ne faisaient qu'un ces dernières années. Depuis que ses parents et son frère l'avaient quittée, malgré les nombreuses familles qu'elle avait côtoyées, elle ne s'était plus jamais sentie entourée. Depuis ce jour tragique marqué par leurs morts, elle avait l'impression que sa respiration avait cessé au même titre que son existence.

Jeanne entreprit de vider sa valise, rangeant ses habits dans l'armoire et la commode. Elle entreposa le peu d'affaires qui lui restait dans la coiffeuse et l'une des tables de nuit bordant le lit. Puis, elle s'assit sur le matelas et admira les rideaux enveloppant ce dernier. Elle s'amusa à effleurer le tissu doux sous ses doigts. Jeanne avait l'impression d'être une princesse dans un grand château. Toute cette histoire semblait sortie d'un conte de fées. Elle se surprit à rêver à une vie nouvelle, dans laquelle elle serait heureuse, où elle se ferait des amis, et peut-être même qu'un jour elle créerait sa propre famille. Pourtant, la douleur au fond de son cœur lui rappela qu'aujourd'hui ce n'était pas possible, du moins pour l'instant. Elle devait se consacrer à Marthe, prendre soin d'elle, et essayer d'avancer. Les illusions et les chimères seraient pour plus tard.

Jeanne regarda son portable qu'elle avait branché à la prise à côté de la table de nuit, il fut l'heure de rejoindre son employeuse. Alors, elle se redressa, s'empara des pantoufles qu'elle avait glissées dans sa valise et descendit à la cuisine où Marthe s'affairait déjà devant les fourneaux.

«Ce n'est pas à vous de faire ça. Asseyez-vous, je vais vous aider!»

Marthe, amusée, se poussa pour s'asseoir à la petite table ronde de la cuisine.

Jeanne regarda les ustensiles et aliments sortis. Sur le plan de travail se trouvaient des tomates, des carottes, des oignons, de l'ail, de la viande hachée et des herbes qu'elle n'arrivait pas bien à reconnaître. L'eau chauffait petit à petit. Elle y plongerait les pâtes que lorsque la préparation serait presque prête. Jeanne reprit alors là où en était Marthe dans sa confection du souper. Vu les ingrédients, la jeune fille n'avait pas trop de doutes sur la nature du plat. Elle se mit à émincer l'oignon et à presser l'ail. Après, elle coupa les carottes, les tomates et une branche de céleri en petits dés. Elle les fit revenir dans la poêle et ajouterait la sauce, puis la viande qu'elle avait au préalable fait dorée, et pour finir les aromates.

Une odeur alléchante envahit très vite la cuisine. Le regard de Marthe dans son dos ne la dérangeait pas. Cela faisait longtemps qu'elle ne s'était pas sentie aussi bien. Elle n'avait pas l'impression d'être jugée, ou épiée. Jeanne avait le sentiment que l'attention de la vieille dame était dénuée de malveillance. En conséquence, ses épaules s'affaissèrent légèrement. Ce n'était pas grand-chose, mais pour Jeanne cela représentait beaucoup. Cependant, sans pour autant perdre ses habitudes, elle restait sur ses gardes, le dos bien droit. Elle entendit le bruit strident de l'œuf minuteur. Alors, Jeanne essora les pâtes, qu'elle entreprit de mélanger à la sauce bolognaise, mijotant dans la large poêle. Elle remua le plat quelques minutes à feu doux, pour que toutes les saveurs se mêlent.

« Cela sent vraiment bon.

— J'espère que ça le sera, répondit Jeanne avec timidité.

— Je n'en doute pas. »

Les deux femmes s'attablèrent et dégustèrent en silence le repas que Jeanne avait préparé.

Marthe avait bien compris que la jeune femme n'était pas encore prête à se confier. Ce n'était que son premier jour ici. L'important était sa présence et l'aide qu'elle allait pouvoir lui apporter pour la maison. De plus, en voyant la réponse à son annonce, Marthe avait eu un bon pressentiment. Quand la vieille dame avait des intuitions, elles se révélaient quasiment toujours vraies.

Lorsqu'elles eurent fini, Jeanne se retira dans sa chambre après avoir vérifié que Marthe n'aurait pas de souci pour sa toilette ou pour se coucher. Mais l'octogénaire était encore autonome. Elle n'avait juste plus une très bonne vue et ne pourrait jamais rénover une ancienne bâtisse de ses mains. Une fois rassurée, la jeune fille se lava dans la salle de bain attenante. Puis, elle s'allongea dans cet immense lit en baldaquin.

Ce soir-là, pour la première fois depuis trois ans, elle ne fit pas de cauchemars.

Chapitre 2

Jeanne s'était levée tôt ce matin-là. Elle n'avait jamais été une couche-tard, et encore moins une lève-tard. De toute façon, elle n'en avait pas eu le luxe dans ses précédentes familles d'accueil. Il fallait aussi dire que cette nuit avait été l'une des plus reposantes de ces trois dernières années. En effet, aucun mauvais souvenir n'était parvenu à l'attaquer dans ses rêves. Elle se leva, soulagée et apaisée. Venir à Luménirec était-elle la solution à tous ses malheurs?

Alors qu'elle déambulait dans la maison, elle n'avait pas trouvé Marthe. Et de peur de la réveiller, elle n'osa pas la déranger en allant toquer à sa chambre. Alors Jeanne s'était occupé de la vaisselle de la veille. Ensuite, elle avait cherchédans les nombreux placards un balai et une serpillère, ainsi qu'un seau.

«Marthe? Tu es là? demanda une grande voix grave.

Jeanne perturbée pivota vers la source de cet appel. Un homme ayant la soixantaine s'avança dans l'immense entrée de Marthe. Il était petit et avait une bonne bedaine. Néanmoins, en un regard, la jeune fille sentit que cet individu avait du charisme, il en imposait. Une chaleur solaire se dégageait autour de lui. Malgré tout, elle ne put se résoudre à se laisser aller, puisqu'elle avait peur des possibles conséquences de cette rencontre. Elle se recroquevilla alors que le monsieur approchait.

— Oh! Mais tu dois être Jeanne! J'ai déposé pour toi le chèque de Marthe à la banque hier. J'espère qu'il sera encaissé rapidement, s'exclama le sexagénaire.

Voyant que la jeune fille ne réagissait pas, l'homme sauta sur ses pieds, bien que chargés par d'énormes paquets. Il entreprit de les poser au sol, avant de tendre sa main à Jeanne.

— Je suis rustre. Pardonne-moi. Je suis Ronan, le maire de ce village, et un ami de Marthe.

Si la vieille dame avait déjà des personnes sur qui compter, pourquoi avait-elle fait appel à elle? Fixant toujours la main du maire, Jeanne la serra et grimaça en sentant la moiteur de sa paume.

— Désolé jeune fille, je dois avoir les mains humides. Je n'ai pas arrêté ce matin pour trouver les commissions de Marthe. Surtout que j'ai encore mon gagne-pain à la mairie qui m'attend. Je vais chercher ce qu'il reste dans la voiture, et puis je prendrai congé.

Il s'exécuta, puis il ramena des piles de cartons à côté des nombreux sacs.

— C'est pour le tri et le ménage. Bon courage. Il y en a du boulot avec cette baraque, plaisanta-t-il. Passe le bonjour à Marthe. J'y vais jeune fille! Au revoir!»

Il laissa Jeanne dans le silence. Elle regarda la porte d'entrée toujours ouverte, fixant la voiture du maire déjà bien loin du portail du jardin de Madame Petit.

Au bout d'un moment, Jeanne sortit de sa transe, elle s'accroupit et ouvrit les sacs, découvrant leurs contenus : des gants, un tablier, des chiffons et des torchons, ainsi que des actifs ménagers. Il y avait du vinaigre blanc, du savon noir et de Marseille, du bicarbonate de soude, des citrons et autres produits naturels en tout genre.

Jeanne se redressa, retroussa ses manches et enfila la blouse. Elle avait bien été embauchée pour cela, alors autant se mettre au travail.

Elle partit vers la première pièce à sa droite. Il faisait sombre, elle ne distinguait pas très bien l'aménagement de celle-ci. À tâtons dans le noir, elle se dirigea vers les premières fenêtres qu'elle trouva et les ouvrit en même temps que les volets. La lumière, soudain très vive, éclaira tout sur son passage. La jeune fille couvrit ses yeux s'habituant difficilement à ce changement. Quand son regard ne fut plus aveuglé, elle s'amusa à observer le décor fraîchement révélé. Un gigantesque salon avec une mezzanine apparut. On pouvait deviner l'importance de son espace grâce à la grande hauteur sous plafond. Levant les yeux au ciel, elle admira les antiques poutres sculptées dans le bois massif. Les meubles étaient tous recouverts de draps donnant un aspect encombré à cette vaste pièce. Sur les murs d'immenses portraits semblaient la surveiller. Cela la fit frissonner. Ce qui la frappa ensuite, ce fut la quantité de poussière qu'elle pouvait observer. Elle avait bien fait d'aérer, cela lui éviterait de s'étouffer lors de sa tâche.

Sa première étape a été de décrocher les nombreuses toiles d'araignée et d'enlever la crasse accumulée au cours des années. Jeanne s'arma d'une immense tête de loup et d'un escabeau, puis tendit son bras pour attraper ces dernières. Quand elle eût fini, la jeune fille prit l'un des torchons le trempant dans un mélange de vinaigre et d'huile essentielle déjà préparé. Cela sentait le thym, les clous de girofle, le romarin, la lavande et les pins, comme ceux du jardin de ses parents… Elle avait trouvé ce dernier dans l'un des placards de Marthe. Sur l'étiquette elle avait pu observer une écriture délicate, qu'elle supposait appartenir à son employeuse. Reprenant sa tâche, elle essaya de faire taire les émotions négatives qui assombrissaient son cœur. Avec son chiffon humide, elle entreprit de nettoyer le dessus de chaque meuble dévoilant leur teinte brune initiale. Ensuite, elle balaya le sol, et le rinça à grande eau. Jeanne dut changer l'eau plusieurs fois tellement elle devenait noire de saleté. Le parquet se mit à briller, révélant sa couleur ocre. Petit à petit, la pièce retrouvait sa beauté d'antan.

« Oh ! C'est merveilleux ! s'exclama Marthe déboulant dans la pièce.

Jeanne salua son employeuse et se décala pour qu'elle puisse mieux observer son travail.

— Tu n'as pas chômé ce matin, jeune fille. Comment vas-tu ? As-tu bien dormi ?

— Oui, très bien.

— Tant mieux.

Apercevant que la brune ne continuait pas la conversation, Marthe l'a relança.

— Je prenais le thé chez Madame Claude.

Pourquoi se justifiait-elle? Marthe n'avait pas de compte à lui rendre. Jeanne ne savait pas vraiment comment se comporter avec l'octogénaire. Ce dont elle était certaine, la présence de la vieille dame était moins lourde à porter. C'était bien plus facile par la douceur et l'apaisement que Marthe lui apportait.

— Allons manger, il doit être bientôt midi.

Jeanne observa sa montre.

— Il est 11 heures 43, pour être précis, Madame.»

Marthe mourrait d'envie de la réprimander, de lui demander de l'appeler par son prénom. Mais elle voyait bien que pour Jeanne c'était trop tôt. Par conséquent, elle se tut. L'octogénaire se dirigea vers la petite cuisine, la jeune fille la suivit sans rien dire. Elles sortirent du garde-manger des légumes de saison, ainsi qu'un beau morceau de lard. Alors que la vieille dame s'occupait de préparer la viande, elle donna une requête à Jeanne :

«Pourrais-tu aller chercher au jardin les aromates et légumes nécessaires pour la recette, s'il te plaît?

— Bien sûr Madame.

— J'aurais besoin de fenouil, de tomates, de basilic, de romarin et de thym.»

Quand elle avança sur le porche de la maison pour la première fois depuis son arrivée, Jeanne se retrouva confrontée au même problème. L'extérieur de cette maison était bien trop luxuriant qu'elle ne savait pas où donner de la tête. Allait-elle poser le pied sur un plant spécifique et important? Elle s'en voudrait terriblement de blesser son employeuse. Alors la jeune fille progressait à tâtons dans le jardin évitant de piétiner quoi que ce soit. Parmi les arbustes imposants, les herbes hautes lui caressant les jambes, elle se fraya un chemin jusqu'au fond de l'éden.

Néanmoins, un autre problème se posa à elle.

À quoi ressemblent ces fameuses herbes aromatiques?

Jeanne plongea ainsi dans sa mémoire pour retrouver le savoir que sa mère lui avait transmis sur les plantes. Elle revit son sourire apaisant, ses mains douces, ses yeux bleus rieurs, ses cheveux bruns virevoltants. Alors que la jeune fille tremblait au bord du jardinet, elle empoigna hâtivement les épices en question et courut jusqu'au logis pour s'empêcher de sombrer plus profondément dans ces souvenirs encore bien trop douloureux.

À la façon dont la porte se ferma, Marthe comprit qu'il s'était passé quelque chose. Elle s'avança dans l'entrée où Jeanne était essoufflée. Son énergie était basse. Les vibrations qu'envoyait son corps s'étaient presque éteintes. C'est quelque chose que l'octogénaire avait tout de suite senti en ouvrant sa maison à la brune la veille. En la voyant, Madame Petit avait su qu'elle avait fait le bon choix. L'idée qu'elle puisse peut-être sauver cette jeune adulte tout en lui transmettant son savoir ainsi que son affection, la ravit. Peut-être que Marthe ne laisserait pas qu'une trace dans les esprits des habitants, mais dans une relation plus précieuse que cela? La vieille dame sourit et s'approcha de la brune.

«Tu as pu trouver à ce que je vois. Merci beaucoup. Passons à la cuisine pour finir de concocter le déjeuner.»

Jeanne ne dit mot, restant en retrait, mais suivit quand même son employeuse, plus apaisée par sa présence. Comprenant de plus en plus comment marchait la jeune fille, elles préparèrent le repas dans un silence complet et réconfortant. Pourtant, ce n'était pas un mutisme pesant, non bien au contraire. Elles étaient entourées du beurre crépitant dans la poêle, de l'eau qui bout, du bruit du couteau s'abattant sur la planche à découper, des oiseaux qui chantaient… Toutes ces petites choses de la vie enveloppaient les deux femmes. Elles savourèrent ce plat, bercées par cette douce mélodie. Ce ne fut qu'au moment de faire la vaisselle que Marthe brisa ce silence.

«Veux-tu que je te prépare un bain pour te relaxer de ce changement de quotidien?

— Mais, ce n'est pas à vous de vous occuper de moi, bredouilla Jeanne. Et puis ce n'est même pas le soir.

Marthe lui sourit.

— Ça me fait plaisir. Quand tu seras lavée et détendue, je t'attendrais dans le salon que tu as merveilleusement nettoyé pour discuter du déroulement des tâches à faire. Après tu pourras profiter de ton après-midi pour t'approprier les lieux.»

Jeanne ne put qu'accepter la proposition de Marthe. Elle resta là, accoudée à la petite table de la cuisine, regardant par la fenêtre le soleil qui montait de plus en plus. Les longues journées d'été étaient quelque chose qu'elle appréciait grandement. Le spectacle devant elle l'apaisa au plus haut point. Pourtant, ses pensées parasites ne la quittaient pas totalement.

Au bout d'une dizaine de minutes, Marthe l'appela de l'étage, depuis sa salle de bain privative. Quand Jeanne entra dans la pièce, elle plongea dans une tout autre ambiance. Les volets avaient été fermés. Sur le bord de la baignoire brûlaient des bougies roses, orangées et blanches. Jeanne commença à se questionner sur ces couleurs, mais rapidement, ses pensées se focalisèrent sur la beauté de cette composition qui formait un joli camaïeu.

Sur la bordure étaient aussi placées des pierres semi-précieuses. Jeanne sourit. Elle ne pensait pas que l'octogénaire s'intéressait à la lithothérapie. À la réflexion, Jeanne nota qu'elle ne savait rien de Marthe. Est-ce qu'elle aimerait que cela change? Peut-être...

Les minéraux apposés sur la fonte portaient les mêmes couleurs que les bougies. Elle ne connaissait pas les noms qui les caractérisaient, mais Jeanne les trouvait jolies. C'était quelque chose qui avait toujours attiré la jeune fille. Petite, elle les collectionnait, se sentant comme appeler par certaines pierres.

Dans l'eau flottaient des herbes et des fleurs, et au fond se trouvait du gros sel. Jeanne reconnut des lavandes, des violettes, du jasmin, du lys blanc, de la coriandre et du gingembre. Le tout avait été séché sans doute pour faciliter la conservation de ces plantes.

«Ça te plaît?

— Oui, beaucoup, Madame, s'émerveilla Jeanne.

Dans ses yeux on pouvait voir virevolter des étoiles. Marthe sourit face à cette vision. La jeune fille était vraiment attendrissante. Elle sentait au fond de son vieux cœur qu'elle allait s'attacher rapidement à Jeanne.

— Bon, je vais te laisser. Profite de ce moment pour te ressourcer de toutes ces bonnes énergies.

— Merci beaucoup, Madame.»

La vieille dame ferma la porte, abandonnant Jeanne dans son intimité. Une fois nue, Jeanne entreprit de se débarbouiller dans la bassine à côté de la baignoire, pour ne pas salir la clarté du bain. Elle la viderait après ce dernier.

Quand elle fut propre, Jeanne glissa un pied après l'autre dans l'eau chaude. Son dos contre la paroi fraîche, elle soupira de bien-être. Depuis combien de temps avait-elle goûté à ce genre de plaisir? Sûrement trop longtemps...

Elle laissa ses pensées vagabonder, pour une fois les mauvais souvenirs ne refirent pas surface. C'était si agréable de ne pas être parasité par ses démons. Jeanne se visualisa heureuse dans cette petite ville où tout se savait. Elle s'imaginait déjà sourire, accompagnée de trois jeunes adultes, comme elle. Elle n'arrivait pas à se représenter leur visage, mais elle sentait leur présence. Ils n'étaient pas seuls, derrière eux se trouvaient des figures paternelles et maternelles. Cette vision délicieuse finit de détendre totalement Jeanne. Était-ce l'ambiance de la salle d'eau qui aidait, ou bien l'odeur des plantes qui se dégageait?

L'eau refroidissant autour d'elle, Jeanne décida de sortir du bain. Elle prit un pot vide posé sur le meuble de la vasque pour récupérer les fleurs et herbes aromatiques qui infusaient encore dans l'eau. Elle éteignit les bougies et mit les pierres semi-précieuses dans une corbeille que Marthe avait laissée là. Une fois la baignoire nettoyée, Jeanne s'habilla de sa légère chemise de nuit blanche aux manches longues et attacha ses cheveux coupés au carré en deux petites couettes.

«Madame Petit?

— Qu'y a-t-il, Jeanne? questionna l'octogénaire depuis le rez-de-chaussée.

— Que dois-je faire de ce qu'il y avait dans le bain?

Le bruit de Marthe en train de monter les vieilles marches de bois les firent grincer à chacun de ses pas.

— Puis-je rentrer? demanda-t-elle devant la porte.

— Oui, Madame.

Jeanne vit apparaître à nouveau cette vieille femme au grand sourire chaleureux. Elle était elle aussi en chemise de nuit blanche. Ses lunettes qui habituellement trônaient autour de son cou étaient sur son nez. Marthe ne portait plus son maquillage, ses bijoux ou son petit foulard en soie, mais elle n'en était pas moins élégante.

— Le bain t'a fait du bien? s'enquit Marthe.

— Oui, beaucoup. Merci Madame.

Les lèvres de l'octogénaire se plissèrent à l'entente de ce titre honorifique. Elle n'aimait pas cela. Marthe voulait créer une relation de confiance avec la jeune fille. Même plus que cela, elle recherchait une amie, une âme avec qui elle pourrait partager bien plus que quelques moments de vie lors d'un été.

La vieille dame était consciente que c'était trop prématuré. Alors, elle ne dit rien.

— Tant mieux. Je suis heureuse de l'entendre.

L'octogénaire contempla la salle de bain.

— Pour les plantes, je veux bien que tu les amènes au composteur derrière la maison. Je m'occupe des pierres et des bougies. Ne t'inquiète pas, leur rangement est à côté. Je n'aurais pas de mal à exécuter cette tâche.»

Jeanne acquiesça, prit les fleurs et herbes aromatiques et descendit. Dehors, chaussée d'une paire de chaussures de jardin, il faisait encore jour. Le soleil avait pourtant entamé sa course, déclinant de plus en plus vers l'horizon, teintant la campagne de couleurs chaudes, dorées. Combien de temps était-elle restée dans ce bain? En tout cas, assez pour avoir les doigts fripés.

Jeanne se fraya un chemin dans la jungle florissante de la propriété. Elle avança doucement, évitant les ronces et les orties. Même si l'extérieur n'était pas forcément la priorité dans cette rénovation, il n'en restait pas moins une des tâches les plus importantes. Au bout d'un moment, elle aperçut au fond du jardin les composteurs faits de palette de bois. Elle jeta les plantes, les rendant à la terre. Quand ce fut fait, elle rentra au plus vite dans la maison. À peine eut-elle posé le pied à l'intérieur que Marthe l'appela.

«Je suis dans le salon comme prévu. Rejoins-moi.»

Jeanne poussa alors la porte de la pièce propre. Elle y trouva l'octogénaire assise sur un vieux canapé magnifiquement brodé. Elle avait enlevé les draps qui le recouvraient. Marthe tapota la place à côté d'elle tout en souriant, la jeune fille s'y installa sans faire d'histoire. Elle attendait avec impatience cette conversation, se demandant comment elle pourrait être utile.

«Tu as fait un travail remarquable rien qu'aujourd'hui. Je t'en remercie.

— Merci Madame, mais je n'ai fait que mon boulot.

— Il n'empêche.

Marthe se tourna encore plus face à Jeanne.

— J'ai réfléchi à l'organisation de cette besogne monumentale. Tu pourrais y aller pièce par pièce. Tu as déjà lavé le salon, après je pensais que tu pourrais trier et nettoyer l'intérieur des nombreux meubles. Ronan revient demain amener des cartons. Tu pourras faire trois catégories, une à donner, une à garder, et une autre à jeter. Enfin, bon, quand je parle de jeter, c'est recycler, ou au compostage, ou encore avec des systèmes D. Ça te convient-il?

— Parfaitement. Je ferais selon votre volonté, s'exclama-t-elle.

— Ce n'est pas parce que je t'emploie que tu ne peux pas me donner ton avis Jeanne.

— J'en ai conscience. Merci pour cela.»

Voyant que la jeune fille n'ajouterait rien, Marthe lui souhaita une bonne fin d'après-midi après que Jeanne l'ait raccompagné jusqu'à sa chambre.

Pour la deuxième fois dans cet immense lit à baldaquin, Jeanne s'assoupit épuisée par sa matinée, mais le sourire aux lèvres en pensant à quel point Madame Petit était une personne généreuse et conciliante

C'était peut-être le début d'une belle histoire.

Chapitre 3

TW : crise d'angoisse

«Et voilà le reste des cartons! fit Ronan en déposant sa charge dans le vestibule.

— Merci, tu as fait vite, dis donc.

— Toujours pour toi, Marthe.

— Oooh quel charmeur celui-là, railla-t-elle.

— Ça va Jeanne? Tu te plais toujours ici à Luménirec?
La jeune fille se tripotait les mains, elle aurait préféré rester en retrait, comme elle l'avait fait depuis l'arrivée de Ronan.

— Oui, Monsieur le Maire.

— Ce qu'elle est polie cette petite!

— Un peu trop, rigola Marthe. Elle est si douce, je l'apprécie énormément, dit-elle en croisant le gris bleuté des pupilles de Jeanne.

Le cœur de Jeanne s'affola. Pouvait-on encore s'attacher à elle? Avait-elle le droit?

— T'es-tu fait des amis?

— Non, Monsieur.

— Si tu veux la prochaine fois, j'emmènerais mon fils. Il doit avoir ton âge!»

Jeanne acquiesça même si elle n'était pas très convaincue. Bien sûr, elle aimerait se faire des amis, créer de nouvelles relations, mais elle était effrayée. De nombreux déménagements ces dernières années ont fini par créer cette peur. Allant de famille d'accueil à une autre, Jeanne n'avait jamais pu créer de réels liens avec les autres et souffrait de ses échecs amicaux. D'autant plus qu'à la fin de l'été, elle devrait repartir d'ici. Alors, à quoi bon s'attacher à d'autres personnes que son employeuse ?

Pour éviter de penser à un futur utopiste, elle se concentra sur sa tâche principale, c'est-à-dire tout le travail qu'elle devait abattre dans la grande bâtisse de Marthe. Elle commença par prendre trois cartons et disparut dans le salon après avoir salué le maire et Madame Petit.

Enfin, elle contempla la pièce en se demandant quel meuble devait-elle trier en premier. Une armoire vitrée attira son attention. Elle se dirigea naturellement vers elle. Une clef était sur le verrou, elle la tourna et rentra dans le passé de Marthe. C'était rempli de poussière, et un monticule d'objets empêchait de discerner le contenu du meuble. Jeanne décida alors de décrasser l'ensemble avec un plumeau, une lavette, du produit ménager maison et de l'huile de coude.

Quand le tout commença à briller, Jeanne se dit qu'il était temps d'attaquer le tri. Pourtant, avant de se mettre au travail, elle s'accorda un bref instant de répit. Elle sourit en contemplant son dur labeur, néanmoins, elle devait s'atteler à un nouveau problème. Comment devait-elle séparer tous ces bibelots, livres, ou autres babioles ? Certains avaient sans doute une valeur sentimentale. Comment être sûr de ne pas se tromper ? Jeanne ne souhaitait pas vexer l'octogénaire. Même si elle ne voulait pas l'avouer, elle s'était déjà un peu attachée à la vieille dame.

Elle était tellement absorbée dans sa tâche qu'elle n'entendit pas Marthe arriver.

« Tu ne sais pas comment les répartir ?

— Non. Pouvez-vous m'aider ?

— Bien sûr. Je vais juste m'asseoir à côté, pour que ce ne soit pas trop fatigant pour moi, si ça ne t'embête pas.

— Pourquoi ? demanda Jeanne perturbée.

— Pourquoi quoi ?

— Pourquoi ça m'embêterait? Mon travail ici consiste à m'occuper de vous.

— C'est vrai. Merci de me le rappeler, sourit Marthe, malgré des yeux peinés. Bon! Mettons-nous au travail!» s'exclama-t-elle avec comme un regain d'énergie.

Cela fit rire Jeanne. Elles commencèrent alors le tri dans une ambiance chaleureuse et légère, ne voyant pas les heures passées tellement elles appréciaient la compagnie de l'autre.

Quelques jours étaient passés, et les cartons s'accumulaient dans le vestibule. Les objets que souhaitait garder Marthe avaient déjà récupéré leur place. Le salon devenu sublime maintenant, avait retrouvé sa beauté d'antan. Le mois prochain, les ouvriers envahiraient la maison, pour revoir le système électrique, la plomberie, la toiture et le jardin. Et dans quelques jours, Ronan viendra avec son kärcher pour enlever la mousse, le lichen et les autres champignons incrustés dans le bois du ponton, sur le crépi et la clôture extérieurs. Le but étant de leur prémâcher le travail le plus possible. Jeanne était prête, surtout après s'être occupée de la salle à manger et avoir commencé la véranda de Marthe.

Il avait fallu évacuer certaines plantes décédées dans le compost. La vieille dame en avait eu le cœur brisé. En même temps, comment ne pas être attristée quand tu chéris autant ces êtres et que tu ne peux plus t'en occuper correctement? Même si Marthe était autonome, l'âge la rattrapait.

Dans la pièce vitrée se trouvait un vieux piano à queue, des chevalets avec leur desserte remplie de pots en tout genre, des pinceaux de toutes les formes et les couleurs, de nombreuses palettes et tubes de peinture. Un peu partout dans la véranda étaient éparpillées des toiles entamées ou encore vierges attendant l'inspiration de la vieille dame. Sur le côté reposait une machine à coudre d'un temps ancien, un secrétaire où était posée une machine à écrire. D'innombrables feuilles volantes et des manuscrits recouvraient le plan de travail. Ces meubles d'antan donnaient une ambiance particulière à la pièce. Elle était éclairée presque toute la journée, grâce à l'exposition sud au soleil de l'arrière et du côté de la maison.

La cuisine orientée à l'avant n'était en pleine lumière seulement le matin. Jeanne adorait y prendre son petit déjeuner, installée à la petite table de la cuisine. En raison des longues journées d'été, elle pouvait profiter de cette chaleur même très tôt. Après manger, elle avait adopté l'habitude de marcher jusqu'à l'entrée du village pour aller à la boulangerie. Sur le chemin, elle postait le courrier de Marthe, et parfois allait chercher des commissions à la mairie auprès de Ronan si ce dernier était pris par le temps. Jeanne appréciait énormément ce petit rituel quotidien. C'était devenu sa routine préférée.

Le plus dur avec la véranda avait été de ravoir les vitres et leur contour noircis par l'humidité. En effet, Marthe avait eu du mal à entretenir sa propriété à cause de sa superficie importante et n'avait aéré que les pièces qu'elle utilisait. Le vieux carrelage portait les traces du temps et de la négligence involontaire. Jeanne avait donc récuré le sol pendant des heures. Comme il n'y avait pas de tri à faire dans cette pièce, il ne lui restait qu'à repeindre les murs de blancs, appliquer un vernis sur le dallage et installer de nouvelles plantes pour égayer le tout. Elle rendait hommage à son papa en faisant ce boulot pour Marthe, lui qui avait toujours travaillé dans le bâtiment. Un sourire triste se dessina sur le visage de la jeune fille.

« Jeanne ? s'écria Marthe au loin.

— Oui, Madame ?

— Ronan est là ! Il vient chercher les cartons !

Jeanne traversa le couloir pour arriver dans l'entrée, retrouvant la silhouette trapue et charismatique du chef de Luménirec, ainsi que celle chétive de son employeuse. Elle s'inclina et salua le maire.

— Ronan apprécierait que tu l'aides à transporter les boîtes jusqu'à son pick-up, que tu l'accompagnes à Emmaüs et à la déchèterie. Après cela, il aimerait beaucoup te présenter à son fils, Malo.

Jeanne dans cette histoire ne pensa qu'au véhicule motorisé à quatre roues. Malgré la présence des gens qu'elle détestait habituellement et sa grandeur, le bus la rassurait plus qu'être dans l'habitacle de métal et de plastique de cette camionnette antique… Le stress monta dans ses veines. Devait-elle refuser? Le pouvait-elle vraiment? Elle ne voulait pas embêter Marthe pour si peu…

— Jeanne? Jeanne? Tu vas bien?

Les yeux juste avant dans le vague, la jeune fille se reconcentra sur ses interlocuteurs.

— Euh… oui…

— Tu es sûre? Tu es bien étrange d'un seul coup?»

Marthe semblait inquiète.

C'était tout ce qu'espérait éviter Jeanne. Maintenant qu'elle était à peu près bien ici, elle ne voulait pas tout gâcher. Alors, elle accepta. Elle fit d'abord plusieurs aller-retour jusqu'au pick-up de Ronan, chargeant le véhicule. Le front brillant sous l'effort, Jeanne s'en sortait bien, malgré certains cartons plus pesants que ce qu'elle croyait. Heureusement que Ronan s'occupait des plus lourds.

Au moment de monter à l'avant à la place de passager, Jeanne ne put réprimer un frisson d'effroi. Elle évitait le plus possible de prendre la route à bord d'une voiture depuis le drame. Elle n'était pas prête.

Le trajet se déroula en silence. Ronan mit cela sur le compte de la timidité et du mutisme habituel de la jeune fille. Cette dernière avait planté ses ongles dans ses bras. Jeanne faisait tout pour ne pas se focaliser sur le bruit du véhicule ni son intérieur et encore moins sur l'itinéraire. Dans sa tête elle répéta les mots que la thérapeute lui avait donnés après l'accident. Il y a trois choses qui ne peuvent pas être cachées longtemps : le soleil, la lune et la vérité. Sa psychologue était bouddhiste et complètement fan de la série *Teen Wolf*. À cette pensée Jeanne esquissa un léger sourire. Puis elle essaya de se focaliser sur ce mantra de Buddha.

Le soleil. La lune. La vérité.

Le soleil. La lune. La vérité.

Le soleil... La lune...

Le so...

Cela avait pourtant marché de nombreuses fois. Mais la respiration de Jeanne ne s'arrêtait pas, s'accélérant au contraire de plus en plus. Elle commençait à voir trouble, les larmes embuant ses yeux. Sa poitrine la brûlait. Son cœur était au bord de ses lèvres. C'était comme de se noyer dans une piscine sans fond. Elle se regardait couler, revoyant en boucle ces images qu'elle avait enfouies. L'habitacle s'écrasant après plusieurs loopings dans les airs. Les vitres se brisant en mille morceaux. La sensation des fragments enfoncés dans ses cuisses. Elle entendit à nouveau le cri de son frère, les pleurs de sa mère, mais surtout le silence de son père. Un acouphène la prit aux tympans, l'empêchant de comprendre quoi que ce soit. La chaleur l'entoura, lui ôtant toutes possibilités de sortie. Ils étaient coincés. Ils allaient mourir ici.

«Jeanne? Tu m'entends? Oh?! Jeanne?! Tu vas bien?!

Elle sortit enfin de sa transe, voyant Ronan. Mais Jeanne n'arrivait plus à reprendre sa respiration.

— Malo? Oui, c'est moi. Tu peux venir au plus vite, Jeanne ne va pas bien. Je crois qu'elle fait une crise de panique. Appelle Marthe en chemin pour la prévenir, ainsi que Doris ou Owen s'il te plait. Merci. À tout de suite.

Ronan raccrocha avec son fils. Il prit Jeanne par les épaules et lui dit en se baissant à sa hauteur :

— Il faut que tu respires Jeanne. Fais comme moi.

Le soixantenaire prit sa main et la posa sur son torse.

— Respire. Un, deux, trois. Expire. Un, deux, trois. Inspire. Un, deux, trois. Expire. Voilà, c'est bien!»

Au bout de minutes qui parurent des heures, Jeanne retrouva un souffle normal. Mais elle était encore totalement sonnée par sa crise. Elle remarqua tout juste que le pick-up était arrêté sur le bord de route. Jeanne s'en voulut tout de suite, se disant qu'elle aurait pu causer un accident. Le stress l'a repris aux entrailles. Mais avant qu'elle n'ait pu s'enfoncer à nouveau dans cette chute sans fin, Malo arriva sur son vélo. Le bruit des pneus crissa sur les graviers.

«Papa!

— Malo! Tu as pu appeler Doris ou Owen?

— Oui, Owen vient dès qu'il peut, Doris est restée au cabinet s'occuper des patients.

— Super. Je crois que j'ai réussi à la calmer. Mais elle n'est vraiment pas bien Malo… expliqua Ronan, attristé.

Jeanne exténuée peinait à garder les yeux ouverts. Tout devenait flou. Elle savait juste qu'elle avait mal partout, mais surtout à la poitrine. Pourquoi tout était si dur depuis qu'ils étaient partis? N'y arriverait-elle donc jamais?

Une présence se posa à côté d'elle dans la voiture. Jeanne ne prit même pas la peine de regarder l'arrivant, elle était bien trop épuisée.

— Jeanne, c'est ça? Moi c'est Malo Guillou, le fils du maire. Il m'a appelé, car tu n'allais pas bien. Je sais ce que c'est de faire des crises d'angoisses. J'en faisais encore régulièrement il y a quelques mois.

Il fouilla dans son sac à dos, sortant une couverture, une bouteille d'eau, un sachet en lin et un petit flacon.

— Tiens, réchauffe-toi.

La remarque aurait pu paraître stupide vu la chaleur de cette fin de mois de juin. Mais après ce choc important, le corps de Jeanne ressentait un froid désagréable.

— Je t'ai amené de l'eau. Il faut que tu te réhydrates.

Jeanne n'était pas en état de broncher, alors elle accepta la gourde en métal.

— Quand j'allais mal, je prenais ces bagues que m'avait offertes mon ami Sulio, expliqua-t-il tout en sortant celles-ci du pochon. Il avait demandé les conseils de Marthe pour les pierres les ornant. On peut les faire tourner autour de nos doigts. Ça aide pour le stress. Regarde, fit-il à Jeanne tout en lui montrant le geste à reproduire.

Jeanne s'émerveilla devant la gentillesse de Malo. Elle était encore sonnée par ses anciens traumatismes remontés à la surface, mais elle était reconnaissante de ce geste. Elle mit non sans trembler les fameuses bagues en questions qui étaient ornées de pierres semi-précieuses, blanches, roses, vertes et violettes. Elle aimait particulièrement l'améthyste qu'elle reconnut, cela la fit sourire. Les faisant tourner autour de ses doigts, l'action répétitive la rassura.

Malo, avec ses grands cheveux noirs lui tombant devant les yeux, entreprit de déboucher le petit flacon. À travers la fiole, elle put observer des plantes comme de la lavande, du tilleul, de la camomille, de la verveine et de la mélisse. Mais elle n'était pas sûre n'arrivant pas à se concentrer et refoulant certains souvenirs de sa mère. C'était trop dur à porter sur le moment. Le tout était baigné dans une huile avec des cristaux.

— Tiens, mets-en deux gouttes sur tes poignets, frotte-les entre eux et respire l'odeur.

Jeanne fit une petite moue.

— Tu peux me faire confiance. Tu ne crains rien, puisque c'est Marthe qu'il l'a confectionné.

Plusieurs questions lui venaient à l'esprit : est-ce que Marthe était herboriste, ou bien naturopathe? Une part d'elle se disait qu'en tant qu'employée ça ne la regardait pas et qu'elles n'étaient pas si proches. Cependant, l'autre part, était piqué de curiosité sur les capacités de la vieille dame. Elle aimerait en savoir plus…

Malo hocha la tête en avant et tendit à nouveau le flacon à Jeanne pleine d'appréhension. Appliquant le sérum sur ses poignets, une odeur douce se diffusa. C'était agréable. Pourtant, elle ne sentit aucun effet.

— Ça peut prendre quelques minutes, l'éclaira Malo comme s'il avait pu lire dans ses pensées.

Ronan avait laissé Jeanne et Malo, il était au téléphone avec Marthe. Son fils l'avait auparavant appelé, mais il voulait lui donner des nouvelles plus récentes. Jeanne un peu trop sonnée et ayant déjà du mal à se concentrer sur les propos de Malo ne s'attarda pas sur l'appel.

De nouveaux crissements de pneus retentirent.

— C'est Owen, énonça le jeune garçon.

Jeanne acquiesça même si elle ne savait pas qui il était et en quoi il pourrait l'aider. Elle voulait juste oublier, seulement pour quelques heures. Elle commençait à être apaisée, sans doute par l'huile réalisée par son employeur, mais l'idée de rencontrer une personne de plus lui tordit le ventre d'appréhension.

Un homme grand, sculpté et svelte apparu face à eux. Jeanne essaya d'éviter de regarder sa voiture grise arrêtée avec les warnings allumés. Il se positionna devant elle après avoir salué Ronan rapidement. Owen était blond et avait de beaux yeux d'un bleu troublant. On avait l'impression qu'à l'intérieur de ses pupilles se déroulait une tempête en mer. Pour Jeanne le regard des gens était extrêmement important, c'était comme une porte vers l'âme de leur possesseur. Ceux d'Owen étaient fabuleux. Elle resta bouche bée devant la beauté de l'homme d'une quarantaine d'années.

— Bonjour, je m'appelle Owen. Malo m'a téléphoné. Tu dois être Jeanne Lecomte?

— Ou... oui... répondit-elle difficilement.

— Tu sais ce qu'il t'est arrivé? demanda-t-il tout en sortant du matériel d'une grande sacoche en cuir noir.

— Oui... J'ai fait une crise d'angoisse.

— Ça se produit souvent?

— Plus trop depuis ces derniers temps...

— En en as-tu eu au cours de ces six derniers mois?

— Oui, quelques-unes...

Jeanne resta évasive.

— Il va falloir que tu sois honnête avec moi Jeanne. Sinon je ne pourrais pas faire mon travail de médecin, expliqua Owen en sortant son stéthoscope.

Les épaules de Jeanne se relâchèrent un peu en comprenant que c'était un généraliste.

— J'en ai eu une dizaine.

— Merci de ta franchise.

Jeanne acquiesça difficilement.

— Passe à mon cabinet dans les prochains jours, ce n'est pas loin de chez Marthe. Tu n'auras pas à prendre de véhicules, sourit-il en ayant compris la cause de l'angoisse de Jeanne. On verra quelle est la meilleure solution pour toi. Rentre chez Madame Petit ou chez Ronan boire quelque chose de réconfortant et repose-toi. Comme tu dois le savoir, ce genre de crise consomme énormément d'énergie.

— D'accord. Merci, docteur.

— Avec plaisir. C'est mon métier.

Il sourit de nouveau de toutes ses dents. L'homme l'époustoufla de son aura magnétique.

Owen alla saluer Malo et Ronan, puis il partit rapidement rejoindre son cabinet.

— Que veux-tu faire ? Tu préfères rentrer chez Marthe ou bien passer chez nous ?

Jeanne pensa à Marthe, morte d'inquiétude. Elle frissonna. N'étant pas prête à une confrontation, elle choisit la seconde option.

— Je vais aussi rentrer, mais avant je dépose tout ça à Emmaüs et la déchèterie. On se retrouve à la maison, expliqua Ronan. Je vais envoyer un message à Alan, mon secrétaire, pour lui dire que je n'irai pas à la mairie exceptionnellement aujourd'hui.

Voyant le regard paniqué de Jeanne, le père de Malo prit le temps de la rassurer.

— Ce n'est pas à cause de toi. Ne te sens coupable de rien. J'avais déjà fait la majorité de mes tâches hier et ce matin avant de passer chez Marthe. Ne t'inquiète pas, dit-il tout en ébouriffant les cheveux de la jeune fille.

Elle fit la moue, mais ne prononça aucun mot.

— À tout à l'heure, papa!

— À tout!»

Il s'éloigna en faisant de grands gestes du bras avant de rentrer dans son pick-up encore arrêté sur le bas-côté. Quand la camionnette fut loin, Malo prit la main de Jeanne, toujours emmitouflée dans son plaid.

«Suis-moi.»

Jeanne s'exécuta sans rechigner. De toute façon, elle n'avait pas d'autre choix et la fatigue la ramollissait complètement.

Ils marchèrent comme cela de longues minutes dans le silence. Malo voulait laisser Jeanne tranquille. Il ne savait que trop bien l'état dans lequel elle se trouvait. Alors il respectait son espace physique et mental.

Néanmoins, quand il vit Jeanne piquer du nez plusieurs fois, il s'arrêta. Il mit ses bras derrière son dos, formant un arc de cercle.

«Monte.

Jeanne le lorgna perturbée par la demande.

— Allez, monte! Je vois bien que tu es épuisée. Je vais te porter jusqu'à chez moi.»

La jeune fille ne bougea pas d'un poil, trop estomaquée par la situation. Tout cela était bizarre. Elle ne savait pas si elle devait s'en réjouir ou pas. De toute manière, la brune était trop enfermée dans les souvenirs de ses parents et de son frère.

Malo affichait un visage bienveillant. Il gesticula de manière insistante. Alors, Jeanne céda. Qu'avait-elle à perdre? Et puis elle pourrait enfin fermer ses paupières si lourdes...

La jeune fille se souleva rattrapée par les petits bras du fils du maire. Il la cala sur son dos, où elle s'agrippa le mieux possible. Le plaid toujours posé sur elle, Jeanne ne tarda pas à s'endormir.

Enfin arrivés chez Ronan, ils s'étaient installés dans le salon de jardin en métal blanc des Guillou. Jeanne s'était réveillée un peu avant leur destination et avait marché le reste du trajet. Devant eux sur la table se trouvaient deux bonnes citronnades qu'avait faites Malo plus tôt dans la matinée. Son père leur en avait servi quand il était rentré quelques minutes plus tard.

Malo dévisageait Jeanne depuis bien trop longtemps à son goût. Comme toujours, elle ne supportait pas d'être au centre de l'attention. Pourquoi avait-il fallu que Ronan la laisse en tête à tête avec lui?

Sur sa chaise de jardin, Jeanne triturait ses bras granuleux. Les secondes avaient beau couler, le garçon n'arrêta pas d'observer la jeune fille. La tension monta de plus en plus dans son corps. Ne tenant plus, Jeanne fit chuter le siège se relevant en furie. Malo regarda la scène, les yeux écarquillés.

«Bon, tu as fini? Je n'aime pas les garçons!

— Ça tombe bien, car je n'aime pas non plus les filles, pouffa le jeune homme.

Ce fut au tour de Jeanne d'afficher une mine penaude.

— Comment ça? Mais alors pourquoi me fixais-tu avec une intensité pareille? Je déteste ça!

Malo éclata de rire sous le regard toujours interloqué de la jeune fille.

— Car tu es intrigante Jeanne Lecomte! Et tu es très jolie.

Ses joues reprirent automatiquement une couleur rose, faisant un peu disparaître ses taches de rousseur.

— Mais tu disais ne pas aimer les filles!

— Cela ne m'empêche pas de voir la beauté, expliqua-t-il tout en faisant un clin d'œil à Jeanne.

Et ce fut au tour de la brune d'éclater de rire, très vite suivi de Malo. Ronan plus loin, dans la cuisine donnant sur le jardin, avait tout écouté. Il sourit en pensant que c'était la première fois qu'il entendait rire Jeanne. Le maire eut les larmes aux yeux en songeant au propos de son fils.

— Mais alors pourquoi ton père a tant insisté pour que je te rencontre? On aurait dit qu'il voulait que tu sortes avec moi!

— Ah, ah. C'est parce que je ne lui ai pas encore dit pour mon orientation sexuelle et romantique… avoua Malo.

— Pourquoi?

— J'attends le bon moment.

Les pupilles de Jeanne se troublèrent à cette révélation. Elle, contrairement à lui, n'avait pas eu l'occasion d'attendre le bon moment.

— Tu devrais lui dire! s'énerva la brune.

— Pourquoi prends-tu ce ton? J'aurais pensé que toi, tu comprendrais, répondit le garçon blessé.

Non, elle ne comprenait pas. Il avait encore la possibilité de montrer à Ronan qui il était réellement. Ses parents et son frère seraient à jamais dans l'ignorance de la véritable Jeanne.

— On n'a pas tous eu la chance de dire qui l'on était vraiment! Toi, tu l'as et tu préfères attendre! s'écria Jeanne avant de quitter le jardin en furie.

— C'est ça! Va-t'en!»

Jeanne marchait depuis déjà une dizaine de minutes. Un bruit régulier lui fit tourner la tête. C'était Ronan qui courait derrière elle, complètement essoufflé.

«Jeanne!

Agacée, elle ralentit son pas. Se retournant, elle croisa le regard de cet homme bienveillant. Mais à cet instant dans les yeux de Jeanne, il n'y avait que de la colère et du tourment.

— Attends, tu ne peux pas partir comme cela. Je dois au moins te raccompagner.

Elle le fixa complètement effrayée.

— Non, pas en voiture, mais à pied, la rassura-t-il.

La jeune fille ne répondit rien et continua de marcher, mais à une allure de croisière, laissant le choix à l'homme de la suivre ou non. Ce qu'il fit tout en soupirant et souriant de manière amusée.

— Je vous ai entendu Malo et toi.

Jeanne se retourna vers le sexagénaire, le regardant avec des yeux écarquillés.

— Je me doutais de son orientation sexuelle. Je n'en étais pas sûr, j'attendais qu'il vienne m'en parler. Mais il ne l'a jamais fait. Pourtant, parfois j'essaye de lui lancer des perches. En tant que papa je dois mal m'y prendre j'imagine… expliqua-t-il tout en caressant l'arrière de son crâne.

— Amenez le sujet de la même manière qu'avec moi. Vous l'aimez et l'acceptez comme il est? Cela ne change rien, non?

— Oui, bien sûr. Je me fiche de qui il peut aimer, tant qu'il est heureux c'est tout ce qui compte pour moi.

— Dites-lui, conseilla Jeanne.

Ses sourcils étaient froncés et son regard en disait long sur son ressenti intérieur.

— Montrez-lui que vous l'acceptez. Dites-lui que vous l'aimez. C'est trop important.

Elle rajouta d'une voix basse et brisée :

— On ne sait jamais de quoi la vie sera faite…»

Ronan acquiesça et laissa le silence se réinstaller. Il comprenait que la jeune fille avait eu son compte. Il le savait très bien ayant déjà géré ce genre de crise avec Malo toute son adolescence. Tout ce qui importait pour Ronan était de la ramener saine et sauve chez Marthe.

Dès qu'ils furent devant la maison après une bonne dizaine de minutes de marche, Ronan salua brièvement son amie avant de s'éclipser pour retrouver son fils.

Jeanne en rentrant évita le regard de la vieille dame, c'était trop lourd à porter pour elle. Elle était déjà bien assez meurtrie. Elle ne voulait pas de pitié, de colère, de peur, ou même d'amour dans les yeux de son employeuse... Non, ce serait insoutenable pour la brune.

«Jeanne?! Tu vas bien?! Je me suis fait un sang d'encre! s'exclama Marthe en voyant la jeune fille rentrer.

— Ça va! s'écria-t-elle avant de s'enfuir dans les escaliers.

— Jeanne? Attends, s'il te plaît!

Mais la jeune fille avait disparu au premier étage. Marthe soupira et monta voir ce qu'il se passait. Elle toqua à la porte de sa chambre.

— J'ai eu Owen au téléphone. Il m'a dit que tu avais fait une crise de panique. Si jamais tu veux en parler, je suis là.

Le silence lui répondit. À l'intérieur, Jeanne était en larmes, serrant ses poings si fort qu'ils blanchirent. Le sentiment de culpabilité rongeant sa poitrine ne cessait pas. Monter dans le pick-up de Ronan lui avait fait remonter plein de souvenirs. Maintenant, l'absence de sa famille était encore plus dure à porter. Il n'avait que du vide et de la tristesse en elle, qui jaillissait sans s'arrêter la remplissant d'un froid glacial.

— Si tu veux, je pourrais te faire couler un bain comme l'autre fois. Ça te ferait du bien.

— Allez-vous-en! Je ne veux voir personne!

Marthe avait envie de respecter l'intimité de la jeune fille. Mais elle savait que dans ces instants de rejet, à l'inverse de nos propos, nous cherchions une présence, quelqu'un pour nous écouter et nous comprendre.

— Jeanne ne reste pas toute seule. Je suis là.

— Madame Petit partez! Je vous en prie! Je ne veux pas vous voir ni vous parler!

La vieille dame, commençant à fatiguer, se laissa glisser contre le sol, appuyée contre la porte de la chambre de Jeanne. Elle ne savait pas si elle pourrait se relever, mais elle ne souhaitait pas abandonner son employée. À vrai dire, Marthe ne le considérait pas comme cela. Non, elle cherchait de la compagnie, une amie. Bien sûr, les gens du village l'adoraient et venaient régulièrement lui rendre visite et elle avait Ronan. Mais ce n'était pas pareil...

— Tu sais, moi aussi je souffre. Je sais ce que c'est de se renfermer sur soi-même. Je n'ai pas vécu le drame que tu as connu, mais lire les journaux après que tu aies répondu à mon annonce et comprendre ce qu'il t'était arrivé m'a brisé le cœur. Moi aussi j'ai perdu quelqu'un qui m'était extrêmement cher. Ma Elin... se confia-t-elle d'une voix cassée. Il n'y a pas un seul jour où elle ne me manque pas. C'était mon tout, mon autre. Je ne retrouverais jamais quelqu'un comme elle. Mais j'espérais qu'en venant ici, tu deviendrais mon amie...

Une larme roula le long de la joue de l'aînée. Elle porta sa main à celle-ci essuyant la goutte, puis reposa lourdement son membre au sol. Parfois, la vie était trop dure...

Du bruit vint briser le silence de l'autre côté. Marthe se mit à espérer. La porte s'ouvrit délicatement pour ne pas faire tomber la vieille dame. Jeanne passa sa tête ravagée par les larmes dans l'encadrement.

— Je suis désolée!» cria-t-elle en sautant dans les bras de la vieille dame.

Elle l'accueillit avec douceur, caressant son dos alors que Jeanne sanglotait contre elle. Elles avaient bien trop souffert dans le passé. Leur sensibilité les avait toujours poussées à se sentir différentes, tels des extraterrestres laissés sur cette Terre. Mais tout irait mieux, car elles s'étaient trouvées.

Chapitre 4

Le lendemain, Marthe et Jeanne étaient tranquillement installées à la petite table de la cuisine en train de prendre leur petit déjeuner. La vieille dame dégustait de la tomme de la région avec un bon morceau de pain encore frais de la veille. Jeanne allait en chercher tous les matins *Aux deux Hirondelles*, la boulangerie du village. Elle mangeait cela avec une tasse de café noir. La jeune fille, quant à elle, savourait des tartines de confiture maison à la groseille sur du beurre demi-sel, ainsi qu'un mug de thé Earl Grey.

Une sonnerie stridente retentit. Marthe avait fait changer la sonnette par Ronan la veille avant de partir à Emmaüs...

Évite de penser à ta crise...

Elles se demandaient qui pouvait venir si tôt. Même si la jeune fille n'était là que depuis peu, elle avait bien compris que Marthe ne recevait presque jamais de visite en dehors de Ronan, et surtout pas à cette heure-ci.

Les deux femmes se levèrent pour ouvrir. Jeanne fut surprise en voyant Malo sur le seuil de la porte. Il baissait la tête, ses cheveux cachaient l'expression de son visage. Il triturait le cordon de son sweat noir de manière anxieuse.

«Je viens parler à Jeanne. Enfin, si tu veux bien? demanda-t-il fébrilement en s'adressant à elle directement.

Elle fit une moue, observa Marthe qui la rassura de son regard doux. Après s'être mordu la lèvre inférieure, elle répondit.

— C'est d'accord.»

Marthe leur proposa de s'installer dans le salon pour discuter. Elle les laissa seuls, partant dans la cuisine préparer un petit quelque chose.

Une fois assis sur le grand canapé bleu roi de Marthe, face à l'autre, le garçon gêné finit par s'exprimer.

«Je te demande pardon d'avoir levé la voix. Avec du recul je peux comprendre pourquoi tu as dit ça, s'excusa Malo.

Ses cheveux noirs tombaient toujours devant son visage, cachant ses yeux bleu cristallin. Voyant que ses mains tremblaient légèrement, Jeanne s'en voulut. Elle commençait à comprendre que son comportement n'avait pas été correct. Alors pourquoi s'excusait-il?

— Pourquoi?

— Tu avais raison, commença-t-il. J'ai discuté avec mon père hier. Enfin, c'est plutôt lui qui est venu. Il m'a expliqué qu'il nous avait entendus parler, et qu'il s'en doutait depuis un moment. Il m'a aussi dit qu'il m'aimait, et que cela ne changerait rien. Il veut que je sois heureux, peu importe qui j'aimerais.

Il replaça l'une de ses mèches de cheveux derrière son oreille et sourit.

— Il a d'ailleurs hâte que je lui ramène mon premier copain. Il m'a raconté que c'était grâce à toi.

Il prit un air plus grave et serra son poing.

— Et il m'a aussi expliqué ce qui t'était arrivé. Il avait vu la une des journaux à l'époque... Je te jure que ce n'est pas de la pitié, mais je comprends mieux pourquoi tu as réagi comme ça hier. Tu avais raison, je l'aurais regretté toute ma vie s'il était arrivé quelque chose et que je n'avais pas pu lui dire qui j'étais vraiment, commença-t-il. Alors, je comprends ton intention et je te remercie parce que désormais, je peux être honnête avec mon père. Toutefois, sache que tu as dépassé les bornes. Tu ne nous connais pas assez pour déterminer la réaction de mon père. Tout aurait pu être différent. Tu ne peux pas forcer quelqu'un à faire son coming-out, c'est quelque chose qui ne se fait pas et qui est grave. Ce n'était pas à toi de me dicter quand le faire, comment, où et avec qui, c'est un choix, c'était mon choix.

Jeanne le regarda tout en se grattant les bras. Elle prenait le temps de réfléchir à quels mots elle allait employer. Elle devait assurer après les événements de la veille. Surtout en prenant plus ou moins conscience de la gravité de ses actes.

— Je te demande aussi pardon, Malo. J'ai été odieuse. Même si j'avais des circonstances atténuantes, cela n'excuse pas tout, loin de là. J'espère que je ne t'ai pas trop blessé. Et je te remercie pour tout ce que tu as fait pour moi hier. Je prends vraiment conscience que ce que j'ai fait était mal… Désolée…

— On repart à zéro? demanda-t-il.

Il lui tendit sa main. Jeanne la prit en souriant.

— On repart à zéro!

— Heureux d'être ton ami, Jeanne Lecomte.

— Heureuse d'être ton amie, Malo Guillou.

Ils éclatèrent de rire. Marthe, depuis la cuisine, les entendit et sourit, attendrie. Elle avait préparé un plateau de biscuits que Jeanne et elle avaient fait plus tôt dans la semaine, ainsi qu'un thé spécial pour réparer les cœurs. Finalement, ils n'en auraient sûrement pas besoin. Néanmoins, l'octogénaire leur amena le goûter.

Elle toqua à la porte, s'annonça et entra.

— Je vous apporte des encas.

— Oh! Merci Marthe!

— Ce n'est rien Malo.

— Merci, Madame Petit.

— Bon, je vais vous laisser…

La vieille dame commença à s'éloigner de la table basse, voulant rejoindre ses quartiers. Mais la main de Jeanne entoura son bras pour la retenir.

— Restez avec nous.»

C'était une façon de se faire pardonner auprès de son employeuse qu'elle chérissait. Depuis la mort de sa famille, personne n'avait été aussi gentil avec elle.

Marthe, sentant l'agitation, s'assit avec eux après avoir ramené une troisième tasse. Un peu de ce thé ne lui ferait pas de mal. Jeanne, voulant aider l'octogénaire, les servit à tour de rôle. Les biscuits à l'amande étaient divins. Marthe lui promit que ceux qu'elles feraient à la noisette en août seraient meilleurs. Les tensions enfin extériorisées, ils purent apprécier ce moment, tous ensemble.

Chapitre 5

La petite cloche accrochée à la porte d'entrée du commerce retentit, indiquant l'arrivée de Jeanne. Les gens se retournèrent, ils lui sourirent et lui dirent bonjour. Elle répondit timidement en baissant la tête. Elle n'oubliait jamais la politesse que lui avaient transmise ses parents. Son cœur se serra à cette pensée, et elle perdit son rictus... Elle aimerait tellement leur raconter ses nouvelles aventures, ici, à Luménirec...

L'odeur du bon pain envahit ses narines. Madame Petit avait précisé une baguette de campagne pas trop cuite, ainsi qu'une gochtial, brioche bretonne. En s'avançant, prenant place dans la queue, Jeanne porta son regard sur la vitrine remplie de pâtisseries. Elle salivait rien qu'à la vue de ces kouign-amann, de ces tartelettes aux fruits de saison, ou encore de ces fars et de ces palets bretons. Sur le dessus de l'étalage, Jeanne sourit en découvrant un présentoir à bonbons. Elle se revoyait courir au bureau de tabac ou à la boulangerie la plus proche avec son grand frère pour acheter un sachet de douceurs avec l'argent que leur maman leur avait donné.

Les gens quittaient les uns après les autres la boutique, les bras bien chargés. Ils ne passaient pas le pas de la porte sans avoir salué joyeusement Ouriel et Josselin, les propriétaires d'Aux deux Hirondelles. Très apprécié, le jeune couple avait un peu plus de la trentaine. Ils respiraient le bonheur, puisque les deux tourtereaux attendaient un enfant. On ne pouvait pas l'ignorer, le ventre d'Ouriel prenait toute la place devant le comptoir, si bien qu'elle commençait à avoir du mal à encaisser les clients. Jeanne, se sentant bien, posa un regard bienveillant sur ces deux âmes douces.

Pourtant, le tintement de la cloche changea l'ambiance de la boulangerie d'un coup. Les gens se retournèrent et ne saluèrent pas la nouvelle venue. Au contraire, certains l'observaient apeuré, d'autres avec agressivité. Des messes basses envahirent le lieu mettant Jeanne mal à l'aise. Elle baissa la tête, se disant que cela allait passer en fixant ses Doc Martens.

«Oh Louise! Tiens, j'ai ta commande. Tes parents avaient déjà tout réglé. Tu peux la prendre et y aller.

Néanmoins, Jeanne céda, piquée par sa curiosité. Ses yeux se posèrent sur une jeune femme d'une vingtaine d'années tout au plus. Sa crinière flamboyante virevoltait au rythme de ses pas. Elle portait une longue robe noire, pour un été comme celui-ci, ce n'était pas courant, même en Bretagne. Elle trottina jusqu'à la caisse. Jeanne resta hypnotisée par l'aura de cette Louise.

— Merci Ouriel. Comment te portes-tu? À combien de mois en es-tu maintenant? questionna la rousse.

— Ah, ah. Je vais bien. J'en suis déjà à un peu plus de 6 mois. J'ai attaqué le troisième trimestre.

— Je vois. Repose-toi bien, même si je me doute que Josselin doit être au petit soin avec toi!

— Louise c'est toi? fit le boulanger tout en sortant la tête de la pièce arrière.

— Oui!

La jeune femme sourit de toutes ses dents, voyant à son tour le boulanger arrivé. Elle était passée devant tout le monde, les gens autour de Jeanne grognaient, agacés. L'ambiance n'était plus aussi lourde grâce à la conversation entre Louise et Ouriel. Elles apportaient un peu de soleil dans ce moment désagréable.

— J'espère que mon Ar Gwastell te plaira![1]

— Je n'en doute pas! Je suis trop heureuse que ce soit de nouveau la saison!

— Tu salueras tes parents!

— Je n'y manquerais pas!»

---

[1] Ar Gwastell : gâteau composé d'un sablé et d'un biscuit de madeleine garni de confit de fraise et de rhubarbe. Le tout est ensuite recouvert d'une nougatine au sarrasin. Sa particularité est qu'il n'est vendu que six mois dans l'année, entre avril et septembre.

Louise leur adressa un grand signe de main après avoir récupéré la commande de sa famille et se dirigea vers la sortie, sous le regard mauvais des villageois. Le temps s'arrêta lorsque Jeanne croisa ses pupilles d'un vert troublant, mélangeant une multitude de pigments. Cela lui donna l'envie terrible d'en immortaliser la beauté sous ses coups de crayon. Depuis combien de mois avait-elle avait cessé de dessiner?

Perdue dans ses pensées, c'est quand elle entendit la cloche qu'elle remarqua que la jeune femme était partie. La queue avait avancé, laissant un vide devant elle. Elle suivit le mouvement.

Alors qu'elle se rapprochait du comptoir, elle surprit la conversation de dames d'un certain âge.

«Comment ose-t-elle se montrer? N'a-t-elle pas honte avec sa famille porte malheur?

— Cette gamine me terrifie autant que ses parents et son grand-père. L'autre coup, je les ai vus rôder vers la place du marché, bavèrent les mégères.

— Doux Jésus! Que Dieu nous protège!

— Laissez-les donc! Ils n'ont rien fait de mal! s'exclama Ouriel.

— Comment pouvez-vous les défendre et leur parler après ce qui est arrivé à la petite Eloane !

— Ce ne sont que des superstitions et des rumeurs!»

L'agitation finit par se calmer, les dames empoignèrent leurs pains en bougonnant, puis quittèrent la boutique.

Quelles vieilles biques!

Jeanne, enfin devant Ouriel, récupéra sa commande. Elle lui sourit tout en prenant la baguette de campagne et la gochtial.

«Cela fait combien de temps maintenant que tu es arrivée ici? questionna la boulangère.

— Deux semaines, Madame.

— Oh! Appelle-moi Ouriel! Maintenant que tu es une cliente régulière, on est presque des amies! Tu vas me faire vieillir avec ce titre honorifique!

— D'accord... Ouriel.

— Voilà! C'est bien mieux, tu ne trouves pas?

— Oui... j'imagine, répondit timidement Jeanne.

— Tu es contente de vivre chez Marthe?

— Je m'y plais énormément.

— Tant mieux. Marthe se sentait bien seule ces dernières années sans sa Elin... dit-elle tristement. Marthe c'est un peu comme notre grand-mère à tous. Elle a une aura si douce.

— Sa Elin?

Jeanne se rappelait que la vieille dame avait prononcé son nom lors de leur dispute. Elle pinça ses lèvres face à ce mauvais souvenir. Elle ne voulait plus se fâcher avec son employeuse.

— C'est suédois. C'était quelqu'un de vraiment important pour Marthe.

— D'accord.

Jeanne régla la note.

— Tiens. J'ai vu que tu les contemplais tout à l'heure, dit Ouriel en tendant un sachet de bonbons.

— Oh, merci. Je vous dois combien?

— Tutoie-moi, et tu ne me dois rien du tout. C'est cadeau!

— Merci beaucoup Ouriel.

— Passe le bonjour à Marthe de notre part à Josselin et moi!»

Jeanne hocha la tête avant de quitter la petite boulangerie, un sourire aux lèvres. Ce couple était vraiment adorable.

«Marthe? appela Jeanne. Je suis rentrée.

— Je suis dans la véranda!

La jeune fille suivit la source de la voix après avoir déposé le pain dans la cuisine. À peine entrée, elle fut aveuglée par la luminosité de fin de matinée. Tandis que sa peau découverte profitait de l'agréable caresse des rayons du soleil, Jeanne trouva Marthe assise dans un fauteuil confortable, un chevalet devant elle. La brune sourit en remarquant qu'elle avait démarré une toile.

— Vous peignez?

— Oui, du moins, j'essaye. Avec mon dos, j'ai du mal à me pencher, gloussa-t-elle.

Comme à son habitude l'octogénaire était bien apprêtée, avec son petit foulard, ses lunettes dorées, et ses nombreux bijoux. Jeanne avait d'ailleurs constaté avec le temps que la vieille dame portait toujours un sautoir avec une gemme en guise de pendentif.

— Vous aimez beaucoup les minéraux? questionna la benjamine, curieuse.

Par réflexe l'aînée prit son collier en main et caressa le cristal avec un sourire mélancolique.

— Oui. J'ai toujours eu une fascination pour les pierres, qu'elles soient semi-précieuses ou non.

Jeanne fixait de nouveau le minéral entre les mains de Marthe.

— Ah. Celle-là est tout particulièrement chère à mon cœur. C'est une obsidienne. Elle améliore la cicatrisation, facilite la digestion, apaise l'anxiété, atténue les crampes musculaires, protège contre les énergies négatives, harmonise les pensées intérieures, et aide à surmonter les traumatismes.

Jeanne buvait les paroles de la vieille dame complètement passionnée par ce qu'elle disait. Elle hocha la tête pour l'inviter à continuer.

— Elin me l'a offerte un peu avant sa mort. Comme si elle l'avait prédit, s'esclaffa Marthe. Quand elle me l'a donné, Elin m'a dit qu'elle effacerait toutes les larmes en moi, et qu'elle me permettrait d'accueillir l'entièreté de la lumière du monde.

— Et ça a marché? demanda la brune septique.

— Pas au début. J'étais tellement remplie de colère, de culpabilité, de tristesse, que l'obsidienne n'arrivait pas à évacuer ce trop-plein d'énergie.

Jeanne fronça les sourcils, pas sûr de comprendre.

— Vous parlez toujours de ça.

— Des énergies?

— Oui. Vous y croyez?

— Bien évidemment. Pas toi?

— Je ne sais pas… confia Jeanne perturbée tout en se mordant la lèvre inférieure.

Certains souvenirs refirent surface, mais ils étaient flous, ils dataient tous de son enfance. Le temps les avait partiellement effacés et l'accident avait fait le reste, le cachant sous un tapis protecteur bien épais. À travers les fibres entremêlées, Jeanne se revit néanmoins, à peine âgée de 5 ans, jouer dans la forêt lors d'une sortie scolaire appelant les esprits, les fées, lutins des bois et autres créatures du petit peuple qui l'occupait.

Reprenant conscience de son environnement les yeux humides, Jeanne regarda Marthe. La vieille dame sourit et remit correctement ses lunettes, qu'elle portait seulement pour lire, écrire ou peindre. Même si elle ne voyait pas beaucoup mieux avec, cela lui permettait de ne pas être accablé de migraine le soir.

— Je me disais maintenant que le rez-de-chaussée est quasiment terminé, tu pourrais commencer à t'occuper du premier étage. La cuisine et nos deux chambres, ainsi que leurs salles de bains passeront en dernier, si tu es d'accord? Seulement quand tu auras tout fini, tu pourras t'attaquer à la chambre tout au fond : la pièce maîtresse, proposa Marthe.

Les derniers mots de son employeuse intriguèrent la jeune fille. Cette vieille porte de bois bleue l'appelait sans arrêt depuis son arrivée.

— Tout me va, Madame Petit. C'est mon travail.

— Oui, mais tu peux donner ton avis Jeanne, dit-elle avec toute la bienveillance du monde. Toujours avec moi, elle rajouta en chuchotant.

Jeanne lui en fut reconnaissante, mais ne dit rien. Elle baissa juste légèrement la tête. Alors qu'elle allait quitter la pièce, elle se ravisa, se tournant vers Marthe, une question lui brûlant les lèvres.

— Parle. Je sens que tu as des choses à me demander, la prit-elle de court.

— Oh. Euh.

— Je t'écoute.

— Qui est Eloane ? Et que lui est-elle arrivée ?

— Oh, ça, c'est une bien triste histoire…

Jeanne se rapprocha poussée par la curiosité.

— C'était l'une des filles du village. Ses parents venaient de Brest.

Comme moi.

— Ils voulaient déménager à la campagne, proche de la mer, mais avoir quand même le confort d'une vie citadine. C'est là que Luménirec entre en jeu, étant l'un des plus grands villages autonomes du département. On n'a presque jamais besoin d'aller en ville, tous les commerces étant ici. On a même un petit cinéma et une auto-école, s'esclaffa la vieille dame. Ils se sont plutôt bien intégrés dans la ville. Eloane avait quinze ans et s'était fait des amis dans le village et au collège de la ville voisine. Quant à ses parents, ils faisaient des soirées avec les gens de tous les quartiers. Mais l'année dernière la jeune fille est décédée brusquement.

Jeanne la regarda horrifiée par ses paroles. Comment avait-elle perdu la vie ? Et pourquoi ?

— Je vois tes questionnements intérieurs. Elle a eu un arrêt cardiaque.

L'expression de Jeanne se complexifia. Elle était en totale incompréhension. Comment pouvait-on avoir un infarctus si jeune ?

— C'est bien là tout le mystère. C'est très rare, mais cela peut arriver lors d'un choc, un traumatisme, dû au tabagisme, ou alors une malformation cardiaque. Encore aujourd'hui, les causes sont floues. Les parents ont déménagé peu de temps après, laissant encore plus les habitants dans l'incompréhension l'ignorance. C'est de là que les rumeurs sont parties.

Puis Marthe prononça ces mots plus pour elle-même que pour Jeanne :

— Elles peuvent détruire des vies...

— Celle sur la famille de Louise ?

— Exactement. Étant les seuls docteurs, et ayant la formation et les diplômes adéquats pour être médecins légistes, c'étaient eux qui avaient procédé à l'autopsie. À partir de cette simple action, les gens ont proféré des horreurs. Mais le pire dans cette histoire, c'est que ces mêmes villageois continuent de fréquenter le cabinet des Johansson avec beaucoup d'hypocrisie, car ils sont les meilleurs de la région, mais ça ils ne reconnaîtront jamais. »

Jeanne fut étonnée et déçue de l'attitude des habitants de Luménirec qui avaient été si accueillant et chaleureux avec elle pourtant.

Plus tard, dans sa chambre, Jeanne réfléchissait à tout cela. L'odeur des champs de blé tout juste fauchés chatouillait ses narines. Le soleil presque couché se réchauffait la pièce d'une lumière orangée. Le cadre aurait pu être apaisant, mais la journée n'avait pas été de tout repos. Les paroles de Malo lui revinrent en tête. Avec du recul, elle saisissait mieux ses fautes et s'en voulait.

L'acidité s'était installée dans son estomac, ne souhaitant pas partir sous la culpabilité. Bien sûr, elle s'était excusée, mais en étant pas totalement consciente des enjeux. Voyant le comportement de certains habitants de Luménirec, elle comprenait son appréhension, ses peurs. D'autant plus qu'elle ne connaissait pas bien la famille Guillou, Ronan aurait pu mettre à la porte Malo. Qu'aurait-elle fait après ça? Demander à Marthe d'héberger son «ami» alors que ce n'est pas elle qui paye le loyer? L'aurait-il pardonné? Sûrement pas... Elle aurait continué de semer la mort et la tristesse sur son chemin.

La brune désirait à tout prix trouver le temps de s'excuser correctement envers Malo. Il l'avait si gentiment accueilli, toujours traité avec respect. Et elle, elle l'avait poussé dans ses retranchements, l'avait forcé à se dévoiler. Bien sûr qu'il aurait pu le regretter si lui ou son père était décédé. Mais cela ne se serait peut-être jamais produit. C'était le choix de Malo, s'il voulait garder son orientation sexuelle pour lui seul, et pour toujours, il en avait le droit. Peut-être que Jeanne avait eu envie de le dire et pas l'occasion? Mais elle n'était pas lui. Maintenant, ça, la jeune fille le comprenait.

Se retournant pour la énième fois dans le grand lit à baldaquin, elle se fit la promesse de demander pardon convenablement à son ami. Il le méritait. D'autant plus que Jeanne avait peur de le perdre, comme tous les autres...

Chapitre 6

Son casque Marshall, toujours vissé sur la tête, Jeanne se promenait tranquillement. Elle avait décidé de changer de trajet pour une fois en se dirigeant non pas vers les premières maisonnettes de Luménirec, mais plutôt vers la forêt. Elle avait quitté le goudron depuis un moment, *Les étoiles vagabondes* de Nekfeu passait dans ses oreillettes. Elle se laissait porter par le flow du rappeur qu'elle trouvait intarissable en termes d'inspiration. Jeanne marchait à la cadence de sa rythmique, essayant d'éviter de trébucher sur un caillou. En rentrant dans le bois, elle caressa le câble usé de son casque par réflexe. Elle espérait qu'il tiendrait éternellement, car elle n'était pas prête à se débarrasser de cet objet aussi important pour son frère. Il lui manquait terriblement, à chaque moment de sa vie. Oui, même si le casque rendait l'âme, elle le chérirait toujours.

Elle soupira, son cœur se serra. Est-ce que cette absence et cette tristesse finiraient un jour par disparaître? Jeanne avait eu énormément de mal à se remettre de ce tragique accident. Après ce dernier, elle s'était renfermée sur elle-même, ses amis avaient été patients un certain temps, mais ne voyant pas l'état de la jeune fille s'améliorer, ils l'avaient abandonnée. De toute façon peu après, elle avait déménagé dans une famille d'accueil différente. Jeanne avait peiné à maintenir ses notes élevées. Elle avait tout juste obtenu son baccalauréat sans mention. Et pour les études, elle n'en savait trop rien. Elle avait bien évidemment mis ses vœux sur Parcoursup, mais n'en avait accepté aucun. Elle ne savait pas ce qu'elle allait devenir, cela l'angoissait beaucoup. Mais Jeanne refusait de s'enfermer dans une formation quelconque à la fac dont elle n'aurait pas envie. Un jour de désespoir, quelques semaines après son dix-huitième anniversaire, elle était tombée sur l'annonce de Marthe, dans le journal du père de sa famille d'accueil. Elle avait sauté sur l'occasion, de toute façon qu'avait-elle à perdre ?

Cela faisait bientôt trois semaines qu'elle était à Luménirec et pour l'instant elle ne regrettait rien.

S'enfonçant de plus en plus dans la forêt, elle se laissa porter par les énergies qui l'entouraient tout en inspirant l'air pur. Les quelques feuilles et brindilles mortes craquaient sous ses pas. De chaque côté du chemin, des jonquilles des bois, des jacinthes sauvages et de l'ail des ours poussaient.

Jeanne avait déjà soupé, mais le soleil était toujours haut dans le ciel. Néanmoins, les couleurs de ce dernier visibles à travers les branches avaient changé, se colorant de rouge, d'orange et de rose. Ce camaïeu était agréable, se répercutant contre les feuilles de la cime des arbres, descendant parfois jusqu'à elle. De cet endroit ressortait une impression mystique. Dans une heure ou deux tout au plus, il ferait nuit. Elle ne s'attarderait pas trop, ne souhaitant pas inquiéter son employeur. Malgré tout, la brune voulait profiter de sa promenade crépusculaire.

Marchant toujours, suivant le chemin principal, la jeune fille fut comme appelée par un modeste sentier illuminé sur sa gauche. Les arbres et buissons autour s'étaient accrochés les uns aux autres créant une arche fleurie. On pourrait presque croire que c'est l'œuvre d'humains, mais certains détails ne mentent pas. Rien n'avait été taillé ou assemblé à l'aide de cordes, clous ou planches. La voûte tenait grâce aux racines, branches et troncs des plantes qui la constituaient. Elle s'amusa à reconnaître les variétés de fleurs la composant, comme les clématites, l'hortensia grimpant, les passiflores, le chèvrefeuille, les plumbagos et quelques capucines. Jeanne sourit face à ce miracle de la nature. Elle était sensible à ce genre de broutille, pour elle c'est ce qui rendait une journée plus joyeuse, ces petits riens si précieux…

Elle décida de s'y diriger et de se laisser porter par le bois si particulier. Mais pour le vivre pleinement, elle devrait arrêter sa musique, alors elle coupa l'album et mit son casque autour de son cou. Les pointes de son carré mi-long retombaient sur le plastique et le métal.

Au loin, Jeanne pouvait entendre l'océan s'écraser sur les falaises, le gazouillis des oiseaux qui se préparaient à aller dormir, le souffle du vent dans les feuilles des arbres, le bruit de ses pas sur les graviers et la terre. Mais il y eut autre chose.

Une mélopée transcendante apparut dans l'air à mesure de son avancement. Quelque chose qu'on entend qu'une fois dans sa vie. Comme un appel de la nature, quelqu'un chantait un hymne qui semblait venu d'un autre temps. Jeanne ne comprenait pas cette langue. Toutefois, elle fut naturellement attirée par ces vibrations qui dégageaient une énergie si particulière. Guidée par ses sens, elle se mit en quête de retrouver la source de cette voix qui résonnait dans tout son être. La jeune fille pressa son pas suivant toujours la mélodie. Seulement orientée par son ouïe, elle délaissa le sentier et s'enfonça dans la forêt. Le soleil avait quitté le ciel et elle avait de plus en plus de mal à se repérer. Cependant, pour Jeanne, le temps s'était arrêté. Elle s'était perdue dans cette mélodie et la moindre de ses cellules implorait d'en connaître la source.

Ses poils hérissés, elle poussa un soupir de soulagement en trouvant une clairière et le point de départ de cette mélopée en même temps. Elle s'arrêta un instant pour reprendre son souffle, et s'accroupit pour ne pas déranger le spectacle qui se déroulait devant elle. Louise, la jeune femme de la boulangerie, dansait en cercle autour d'un immense mât fleuri au milieu de la clairière. Ses cheveux roux flamboyants virevoltaient au rythme de la chorégraphie. Elle était pieds nus et portait une chemise d'un blanc immaculé, ainsi qu'une somptueuse couronne de fleurs sur la tête. Dans l'une de ses mains trônait une lanterne. Jeanne en fut époustouflée. À quoi assistait-elle?

Elle resta subjuguée jusqu'à la fin de la chanson ne pouvant détacher son regard de la jeune femme. Pourtant ses jambes la faisaient souffrir toujours accroupie à l'orée de la clairière. Jeanne ne bougeait pas, de peur de se faire prendre et d'interrompre ce magnifique rituel. Car c'en était un, n'est-ce pas?

À la fin de ce chant traditionnel, Louise fit le tour de la plaine s'offrant à elle, pour cueillir sept fleurs différentes. À chaque déracinement, elle remercia la plante pour son aide et la mit dans un petit panier en osier. Jeanne restait fascinée et complètement bouche bée devant la scène. La rousse remballa toutes ses affaires, Jeanne s'attendait donc à la voir quitter l'endroit, toutefois Louise se dirigea vers elle. La jeune fille se redressa précipitamment, mais trébucha contre une branche et tomba par terre.

Merde!

«Ne t'inquiète pas. Je t'avais remarquée bien avant cela.

Elle tendit sa main pour l'aider à se relever. Jeanne la saisit le rouge aux joues. Une fois debout, elle épousseta son jean gris foncé et remit en place son t-shirt à manches longues. N'osant pas croiser son regard, la brune fixa le sol de manière honteuse. Elle avait été prise sur le fait et cela depuis le début. Louise devait la prendre pour quelqu'un d'étrange, à observer les gens comme une voyeuse.

— Merci, bredouilla-t-elle au bout d'un moment.

— Il se fait tard. Tu sais comment rentrer chez Marthe ?

— Euh... oui... enfin... je crois...

Jeanne se tourna en arrière et ne reconnut pas l'endroit par lequel elle était passée. La pénombre avait totalement envahi la clairière. Un air paniqué s'afficha sur son visage. Comment allait-elle faire?

Louise reprit la main de Jeanne, faisant rater un battement à son cœur, et commença à marcher.

— Qu'est-ce que tu fais? Où m'emmènes-tu? bafouilla, Jeanne.

— Je te raccompagne chez toi. Cette forêt, je la connais comme ma poche. Laisse-moi te guider, expliqua-t-elle.

Jeanne hocha la tête acceptant la situation. De toute façon qu'aurait-elle pu faire de mieux?

— Et puis... ça nous permettra de faire plus ample connaissance, dit Louise tout en faisant un clin d'œil.

La jeune fille s'autorisa à plonger dans le regard de la grande rousse. Ses yeux verts étaient vraiment particuliers, parsemés à quelques endroits d'éclats dorés, ils ressortaient dans la pénombre. Jeanne baissa à nouveau la tête, gênée face à ses propres pensées.

— Ne sois pas si timide. Je n'ai jamais mangé personne jusqu'à présent.

Jeanne ne répondit rien, se laissant porter par la cadence de la marche.

— Pourquoi Luménirec?

La brune évita le regard de Louise tournant la tête. Son cœur battait à un rythme effréné. Cela faisait si longtemps qu'on n'avait pas pris la peine de s'intéresser réellement à elle. Ses mains tremblèrent légèrement à la pensée de faire une bourde. Pourtant, elle avait envie de parler à Louise, de se laisser aller juste une fois...

Et puis merde quoi!

Elle décida de vivre un peu plus sa vie. Clairement, la rousse l'intéressait, c'était une jeune femme singulière. Les colportages attisaient sa curiosité. Même si elle ne se fiait pas à ces sottises, Jeanne voulait aussi connaître la vraie Louise, démêler le vrai du faux.

— Et pourquoi pas?

— D'accord, pouffa-t-elle. C'est quoi ta musique préférée? rengaina la rousse.

— Tu rigoles si je te dis *Claire de Lune* de Debussy?

— *Twilight*?

— Ouais... s'éclaffa à son tour Jeanne.

— Je valide. Même si on est d'accord qu'Edward Cullen est vraiment hyper cringe avec du recul?

— Totalement! rigola à nouveau la brune. De toute façon, je crushais plus sur Bella.

— C'est vrai que Kristen Stewart à un truc. Mais je préférais Nikki Reed.

Jeanne retroussa son nez et fronça les sourcils.

— Rosalie.

— Aaah!

Les deux jeunes femmes se regardèrent avec un grand sourire. Elles avaient saisi l'une comme l'autre qu'elles étaient attirées par le même genre. Elles se comprenaient mieux, et cette information les rapprochait. Jeanne ne savait pas encore qui était Louise, mais elle ne pouvait nier son charme. Avec sa démarche élégante, on aurait dit une nymphe, une elfine ou bien une fée. Son aura ne faisait que fasciner la brune.

— Et toi? osa demander Jeanne.

— C'est un ancien chant nordique. Je ne pense pas que tu connaisses. *Renässans i gryningen*, c'est le titre de la musique. C'est mon père qui me l'a appris, il le tenait du sien, et avant lui du sien.

— Très patriarcal, non?

— Totalement! J'essaye de changer cela. Mon père a commencé à briser la chaîne en nous installant ici. On est clairement la risée de notre famille, encore plus quand mes parents ont décidé de n'avoir aucun enfant après ma naissance, expliqua la jeune femme. Tu te rends compte? Je suis une fille! Comment pourrais-je prendre la relève?

Jeanne claqua sa langue contre son palais d'énervement.

— Comme tu l'as dit.

Cela les fit sourire à nouveau.

— Et voilà la fin de la forêt!»

Déjà?

La jeune fille avait tellement été absorbée par leur conversation qu'elle n'avait pas remarqué leur grande avancée. Au bout du chemin de gravillons, elle y voyait l'immense demeure de Madame Petit. Elle sourit à cette vue, pourtant son cœur se serra en pensant à la séparation avec la rousse. Jeanne avait encore envie de parler pendant des heures à Louise.

Qui était-elle vraiment?

Le reste du trajet se fit dans le silence le plus total, Jeanne n'osait pas briser ce moment si particulier. La maison de Marthe de plus en plus proche, elle déglutit. Louise, à ses côtés, continuait de marcher avec son panier rempli de fleurs. Qu'allait-elle donc en faire? Elle n'eut pas l'occasion de la questionner, la rousse coupa court à leur échange.

«Et voilà! Tu es arrivée à bon port!

— Oui… Merci…

— C'est normal! Je n'allais pas te laisser te perdre pendant des heures dans le bois!

Jeanne rit à ses dires.

— Bon, je vais rentrer. Passe une belle soirée, Jeanne.

— Toi aussi.»

La rousse s'était déjà tournée, ne laissant pour vue que sa silhouette de dos s'éloignant à nouveau vers la forêt. Cette rencontre avait été des plus singulières.

Jeanne ne croisa pas Marthe lors de sa déambulation dans les couloirs de la maison. L'octogénaire devait se reposer. La jeune fille, après s'être changée, s'endormit pour la deuxième fois depuis son arrivée avec un sourire aux lèvres.

Chapitre 7

Ce matin-ci, la température extérieure était bien plus pénible que la veille. On ressentait vraiment le passage de juin à juillet. Il faudrait mettre les bouchées doubles en ce qui concerne la demeure de Marthe.

Cela faisait plus d'une demi-heure que Jeanne s'observait sous toutes les coutures, hésitant à mettre un short ou une jupe. Elle n'en avait que deux de chaque dans toute sa valise. Cela faisait trois ans qu'elle n'en avait pas porté, la brune détestait ses jambes, en particulier ses cuisses qu'elles ne pouvaient plus regarder sans que cela lui fasse du mal. Ces dernières comportaient de nombreuses traces de l'accident. Des brûlures, des cicatrices voyantes à cause de leur longueur. Jeanne fit une moue de dégoût. Non, elle ne pourra pas. Elle enfila finalement le premier pantalon venu. Plutôt crever que de se mettre autant à nu. Que lui était-il arrivé pour avoir cette idée saugrenue ? La jeune fille secoua la tête, puis descendit rejoindre l'octogénaire.

Elle retrouva son employeuse accoudée au plan de travail de la cuisine alors que la bouilloire chauffait. Elle salua Marthe, puis commença la préparation du petit déjeuner. Elle sortit le café en poudre, une nouvelle grimace s'afficha sur son visage, elle n'aimait vraiment pas ça. Elle en ajouta deux bonnes cuillères à soupe dans la tasse fétiche de la vieille dame. Puis elle en prit une autre, avec de belles marguerites. C'était une fleur que Jeanne appréciait beaucoup. Elle sourit et glissa un infuseur à thé qu'elle avait préalablement rempli d'Earl Grey comme à son habitude. Ensuite, la jeune fille prit soin de sortir le reste de pain de la veille et de le couper en tranches. Du frigo, elle prit le beurre demi-sel, le fromage breton, et la confiture à la groseille de l'année passée.

Déposant le tout sur la table, Marthe la remercia. Elle finit par remplir leurs tasses d'eau chaude et s'assit avec un sourire aux lèvres. Malgré sa séance d'essayage, quelque chose empêchait Jeanne d'être morose. Ce que l'octogénaire remarqua.

«Tu es bien joyeuse ce matin.

— Vous trouvez?

— Oui. Quelque chose a changé depuis que tu es partie faire ta sortie nocturne, expliqua Marthe.

— Oh... rougit Jeanne.

— Quelqu'un en particulier te fait sourire?

— Peut-être...

Au départ Marthe ne dit rien, plissant ses lèvres rosées par son rouge à lèvres. Elle ne voulait pas pousser la jeune fille dans ses retranchements. Le fait qu'elle avoue déjà à moitié était une victoire en elle-même. Elle tira légèrement sur son petit foulard de soie, puis continua la discussion.

— Je suis contente que tu te sois fait des amis à Luménirec. J'avais peur que tu restes enfermée tout l'été ici avec moi, pouffa l'octogénaire.

— Moi aussi... avoua la brune. Je suis heureuse que Malo m'ait si bien accueillie. Mais cela ne m'aurait pas dérangé le moins du monde de rester avec vous tout l'été.

— Tu es mignonne, s'esclaffa Marthe avant de reprendre une tartine de fromage. Le but de ta venue est certes de rénover, ranger et nettoyer cet endroit, mais je préfère que tu t'amuses, te trouves et te reconstruises.

Même si Jeanne savait que son employeur était au courant du drame passé qu'elle avait vécu, elle fut tout de même touchée par ses mots. Ce n'était un secret pour personne, il suffisait de taper son prénom et son nom dans le moteur de recherche internet et on trouvait facilement une ribambelle d'articles sur le tragique accident de voiture qui tua une famille entière du Finistère sauf la benjamine.

Jeanne souhaitait réellement que cet été soit celui de la guérison, et elle ferait tout pour. Au départ, la jeune fille était venue ici, car cette annonce était la seule solution pour s'extirper de son ancienne vie. Plus loin de Brest, elle était, mieux elle serait.

— Jeanne ? Tu sais que tu peux me tutoyer et m'appeler Marthe.

— Oui...» répondit-elle en baissant la tête.

Marthe ne dit rien, ne voulant pas déranger la jeune fille. Elles débarrassèrent la table dans le calme. Jeanne, ceci fait, se chaussa et partit *Aux deux hirondelles*.

La jeune fille appréciait faire ce trajet quotidiennement. Lors de ce dernier, elle réfléchissait aux tâches qu'elle aurait à exécuter le jour même. Il ne lui restait que la buanderie et l'escalier menant à l'étage, puisque Marthe tenait à ce qu'elles fassent la cuisine en dernier pour éviter de l'encombrer. Cet espace devait rester un maximum fonctionnel. Le long de son chemin, les passants dévisageaient Jeanne. Elle n'y prêtait pas forcément attention, préférant fixer ses pieds. Son casque par-dessus ses oreilles criait ses musiques préférées, la baignant dans un monde apaisant. Elle passait toujours par la place du village accueillant un petit restaurant, un bar, un café-librairie, une auto-école, un cinéma, un primeur et la mairie. Le tout, depuis la maison de Marthe, lui prenait vingt bonnes minutes.

Quand elle passa la porte du commerce, le carillon sonna, enveloppant la boulangerie d'une jolie mélodie. Les gens à l'intérieur se retournèrent et fixèrent Jeanne. Elle bredouilla un bref «bonjour». Mais la salutation d'Ouriel depuis le fond du magasin la mit tout de suite à l'aise. Cette femme était un soleil sur patte, avec sa lumière accueillante elle mettait tout le monde d'accord. On se sentait bien dans sa boulangerie, si bien que tous les habitants y venaient, même plusieurs fois par jour. Elle attendit dans la queue sagement, observant les bonbons comme à son habitude, elle salivait devant les niniches au caramel et aux fruits, les berlingots de toutes les couleurs, les œufs de mouettes, et les populaires bonbons à la violette, pour finir avec les petits cubes de caramel au beurre salé. Elle fut tellement absorbée par tout ce sucre qu'elle n'entendit pas la sonnerie annonçant un nouvel arrivant.

«Coucou petit être surnaturel! s'écria une voix suave.

Jeanne se retourna surprise, et vit Louise. De son presque mètre quatre-vingt, la jeune femme était habillée encore d'une sublime robe, cette fois-ci dans des tons gris bleutés faisant ressortir ses rousseurs. La brune en fut subjuguée.

— Coucou créature mythique? répondit-elle hésitante.

— Comment vas-tu aujourd'hui?

— Bien, bredouilla-t-elle. Et toi?

— Super! s'exclama Louise. Ça te dit une petite balade en forêt cette après-midi?

Comme à son habitude, Jeanne paniqua. Elle jouait avec ses mains devenues moites. Elle en mourrait d'envie, mais si Louise la trouvait ennuyeuse ou désagréable? Alors, la brune chercha toutes les excuses du monde (qui n'en était pas vraiment, puisque la jeune fille devrait réellement nettoyer, trier et ranger la buanderie).

— J'aimerais beaucoup, mais je travaille pour Marthe…

— Je comprends. Tu devrais lui demander ton après-midi un de ces jours, je t'emmènerais visiter des coins sympas.» sourit Louise avant de partir après lui avoir jeté un clin d'œil.

En deux temps trois mouvements, la rousse refit le même manège lors de leur rencontre. Elle passa devant tout le monde, doublant la file, s'empara de sa commande et sortit du magasin si vite qu'on pourrait avait pu croire qu'elle n'avait été qu'une hallucination collective.

Jeanne reprit son souffle. Cette fille était une vraie tornade d'émotions, qui la mettait à chaque fois dans tous ses états.

La brune se rapprocha alors du comptoir, les gens ayant récupéré leurs courses. Elle put enfin saluer correctement Ouriel qui la regardait toujours avec autant de bienveillance. Jeanne était attendrie par la jeune femme aux charmants cheveux couleur miel coupés au carré rebiquant sur les côtés. Ses yeux en amande quant à eux étaient d'un beau chocolat. Son être entier faisait penser à une élégante pâtisserie.

Ouriel grimaça et s'assit sur une chaise qui avait été placée non loin de la caisse.

«Josselin ne peut pas vous remplacer quelques heures?

Elle secoua sa tête de gauche à droite.

— Malheureusement, non, on est la principale boulangerie du village. On a une trop grosse clientèle pour se permettre de ne pas refaire une tournée en fin de matinée, ainsi qu'en milieu d'après-midi.

— Et vous n'avez pas quelqu'un pour vous aider, un employé en plus?

Prononçant cette question sans y avoir réfléchi, Jeanne se sentit sotte. Elle n'avait jamais vu personne d'autre que le jeune couple ici. Pourtant, contrairement aux figures maternelles de ses anciennes familles d'accueil, Ouriel ne fit aucune réflexion à la brune. Au contraire, elle lui fit une proposition.

— Personne, mais j'y pense! Est-ce que ça te plairait de travailler ici, de gagner un peu de sous?

Une boule dans sa gorge s'était formée. Elle ne savait plus s'il faisait aussi chaud quand elle était rentrée dans le magasin ou si c'était son esprit qu'il lui jouait des tours. Dans tous les cas, elle était en nage. C'était un gros changement, l'anxiété revenait lui faisant envisager le pire. Et surtout elle avait peur de trahir son employeur, peur de sa réaction, peur de ce que cela pourrait impliquer. Des gouttes de sueur glissèrent le long de son dos, dessinant une grimace de dégoût sur son visage. Que devait-elle répondre?

— Enfin, seulement si Marthe est d'accord et que cela n'impacte pas ton travail chez elle. Et surtout, si cela te fait envie! Je ne t'oblige à rien. Ce n'est qu'une proposition, s'exclama Ouriel tout en lui faisant un clin d'œil.

— Je... Je dois y réfléchir...

Elle avait peur de ne pas être à la hauteur, de décevoir encore. Ses pieds étaient tournés vers la sortie. Jeanne voulait juste retrouver sa chambre.

— Pas de soucis! Prends ton temps!»

La jeune fille acquiesça, prit la commande de Marthe et partit. Elle verrait bien...

Rentrant enfin, les bras chargés d'une baguette tradition, un pain de la région, ainsi qu'une brioche et un sachet de bonbons offert par Ouriel, Jeanne était perturbée. Le regard dans le vide, elle restait statique au milieu du vestibule. Marthe vit tout de suite que quelque chose clochait. Elle débarrassa la jeune fille, rangeant le tout dans la cuisine. Retournant auprès de son employée, l'octogénaire la questionna.

«Il s'est passé quelque chose?

— Ouriel m'a proposé de travailler pour elle.

Un sourire illumina le visage de Marthe.

— Oh, c'est génial ça.

— Je pense que je vais refuser.

— Pourquoi cela? s'étonna la vieille dame passant une main dans ses cheveux blancs.

— Comment je ferais mon travail ici si j'accepte?

— On trouvera bien des solutions. En plus tu as très bien avancé ces derniers jours. Et les ouvriers seront bientôt là, en trifouillant ici, on les gênera plus qu'autre chose.

Jeanne regarda Marthe pleine d'incompréhension. Sa tête commençait à lui faire mal d'avoir trop ruminé ces derniers jours.

— Pourquoi les avoir engagés cet été alors?

— J'aimerais que la plomberie et l'électricité soient refaites avant septembre, comme cela on pourra aussi améliorer l'apparence et la fonctionnalité des lieux, expliqua l'octogénaire.

— Cela me gêne d'accepter, j'aurais l'impression de vous délaisser, de ne pas effectuer correctement mon travail.

— Jeanne, je t'arrête tout de suite. Bien évidemment, je t'ai engagée pour trier, ranger, nettoyer, rafistoler ma maison, pour avoir une aide ici. Mais j'aurais pu juste engager des ouvriers dès le début. Si j'ai écrit cette annonce, c'était surtout au départ pour trouver une amie.

Le visage de Jeanne afficha un air étonné. Ses sourcils s'étaient relevés, ses yeux s'étaient écarquillés et sa bouche était à présent à demi ouverte.

— Oh...

Les larmes lui montèrent presque aux yeux. La jeune fille ne s'était pas attendue à ça.

— Je pense aussi que si tu as eu cette discussion avec Ouriel, c'est qu'en premier lieu tu voulais l'aider. Elle ne va pas tarder à accoucher, ce n'est qu'une question de semaines, alors elle aura besoin de toi. Si la maison n'est pas terminée en septembre, ce n'est pas grave. L'important était de bien débroussailler tout cela et de remettre d'équerre la tuyauterie et l'électricité. Si tu as envie d'accepter sa proposition, fais-le.

Jeanne ne prononça aucun mot. En retrait, ses yeux parlaient pour elle. On sentait qu'elle était en pleine réflexion. Marthe se retira après avoir dit :

— Je te laisse réfléchir à tout cela, tu sais où me trouver si besoin.»

La jeune fille acquiesça avant de voir la silhouette de l'octogénaire disparaître de l'encadrement de la porte.

Des pensées sombres l'envahirent, la brune voulant les faire taire décida de s'activer. Elle retroussa ses manches et partit en quête de lavettes, d'un seau, d'une serpillière, d'un balai et d'une tête de loup.

Une fois dans la buanderie avec tout son attirail, Jeanne commença par ouvrir les fenêtres afin d'aérer cet espace bien trop humide. Au coin des ouvertures se trouvait de la moisissure noire due à la condensation. Le vinaigre blanc était le meilleur moyen pour enlever cette crasse. Elle frotta pendant de longues minutes le pourtour. Son travail fut récompensé, les murs, l'encadrement des fenêtres ainsi que leurs joints étaient presque revenus à neuf.

Le front de la jeune fille luisait d'effort. Elle ne savait pas si elle devait fermer les fenêtres ou les laisser telles quelles maintenant qu'il faisait aussi chaud à l'intérieur qu'à l'extérieur.

Jeanne continua néanmoins son ménage, aucunement découragée par le thermomètre. Bien sûr, elle aurait sans doute besoin d'une pause à un moment, mais surtout elle rêvait d'une citronnade bien fraîche. Se munissant de la tête de loup, elle attaqua toutes les toiles d'araignée visibles. Elle savait pertinemment qu'elles recommenceraient leur toile le lendemain, mais la jeune fille voulait faire les choses dans les règles de l'art pour Marthe. La brune sourit quand même à cette vision, sa mère lui avait toujours répété qu'une maison saine était remplie d'araignées, et n'en ayant pas peur, elle ne fut pas plus dérangée que ça dans cette activité.

Quand elle eut fini les poussières, elle balaya le tout et aspira la pièce, se prenant parfois le fil entre les jambes. Elle jura plusieurs fois agacée. Avant de récurer, elle lança une lessive, voyant les paniers à linge remplis à ras bord. Forcément, en triant, rangeant, et nettoyant les pièces du rez-de-chaussée, Jeanne avait accumulé un grand nombre de draps et chiffons en tout genre. Lançant le programme, elle se reconcentra sur sa tâche : serpiller.[1] Tout en effectuant des mouvements de huit sur les vieux carreaux de ciment qu'elle affectionnait tant, elle se disait qu'après que le sol aurait séché, elle pourrait aller étendre tout cela au soleil dans le jardin.

Essuyant la sueur sur son front, elle fut satisfaite de constater qu'elle avait déjà fait un tiers du travail monstre que représentait la demeure de Marthe. Peut-être bien que oui, elle pourrait demander une après-midi, même une journée de libre à son employeur ? Elle se surprit à rêver de la belle rousse qui ne faisait que de la hanter, l'intriguer. Elle voulait savoir qui elle était et passer plus de temps avec elle. L'avoir croisé ce matin

---

[1] serpiller : verbe inventé utilisé dans certaines régions du nord-ouest de la France.

à la boulangerie ne lui avait pas suffi. Sa présence lui manquait déjà. Pourtant, c'était une inconnue pour Jeanne, mais c'était loin d'effrayer la jeune fille. Elle avait l'intuition qu'elle devait se rapprocher de cette mystérieuse jeune femme. Elle se jura de le faire, de vivre enfin sa vie comme elle l'entendait. Du moins, elle essaierait.

Chapitre 8

TW : crise d'angoisse

Assis dans le jardin des Guillou, Jeanne et Malo étaient en pleine activité créative. Elle avait amené son carnet de croquis tout poussiéreux, ainsi que quelques vieux marqueurs et crayons, traces de son ancienne vie. La vérité, c'est qu'elle ne savait même pas si elle pourrait faire le moindre dessin aujourd'hui. Il y avait comme un blocage à chaque fois qu'elle tenait à nouveau un crayon en main, cette dernière se mettait à trembler sans qu'elle ne puisse faire quoi que ce soit. Cette après-midi de libre, que lui avait accordé Marthe, serait sûrement un échec. Mais elle voulait aller mieux, non ?

Malo quant à lui écrivait de la poésie dans un cahier relié en tissu brodé. Jeanne était admirative, elle n'avait jamais réussi à rédiger quoi que ce soit. Elle avait plein d'univers en tête, des décors, des personnages, des créatures, mais aucune histoire pour ces derniers.

Ils avaient laissé Marthe et Ronan discuter à l'intérieur. Aujourd'hui, les deux femmes n'auraient pas pu faire grand-chose pour améliorer l'état de la maison, des ouvriers l'avaient envahie pour s'occuper du réseau électrique, ainsi que de la plomberie. Ils allaient ajouter des prises à des endroits plus logiques et nécessaires aux quatre coins de la demeure, ainsi que condamner d'autres inutiles. Pour les plombiers, ils rénovaient l'entièreté de la tuyauterie en partie en plomb pouvant rendre l'eau toxique. Le reste était bien attaqué par la rouille et certains joints d'étanchéité fuyaient. Le tout durerait plus de deux à trois semaines grand maximum.

«*Hello*... fit une petite voix tremblante.

Jeanne se retourna, perturbée par la nouvelle venue.

— Oh Aela! Depuis quand es-tu rentrée?! s'exclama le garçon, trop heureux de découvrir sa meilleure amie.

— Hier soir. Je voulais te faire la surprise, sourit-elle.

Elle était restée en retrait, comme si elle n'osait pas rentrer dans le cercle qu'avaient formé Malo et Jeanne. Toute menue, Aela gigotait sur ses petites jambes. Ses cheveux blonds ondulés descendaient jusqu'à ses hanches. Ils étaient coiffés en tresses sur le côté, et des rubans roses avaient été noués au bout pour tenir les nattes. Elle portait une petite robe en dentelle de la même couleur, mais aux tons plus poudrés, ainsi qu'une paire de chaussures en cuir ciré gris-anthracite. Le tout lui donnait un look de poupée.

— Aela, je te présente Jeanne. Elle travaille pour Marthe toute la saison.

— Oh. Enchantée, dit-elle toujours de la même voix fluette.

— De même.

— Bon, tu ne vas pas rester debout tout l'après-midi! Assieds-toi la nouille!

— Nouille toi-même! lui dit-elle tout en tirant la langue.

Elle se laissa tomber au sol puis sortit de son sac une broderie. Jeanne se pencha au-dessus de la jeune fille intriguée par cette activité. Si la brune avait pu toucher à tous les métiers d'artisans inimaginables, elle l'aurait fait, de souffleuse de verre, en passant par ébéniste, pour finir bijoutière. Elle aurait aussi rêvé d'être fleuriste, de créer des bouquets selon les sentiments des gens. Elle avait choisi cinéma et arts plastiques en option au lycée. Petite, elle avait fait de la danse, du théâtre et du cirque. L'art en général avait toujours intéressé la jeune fille.

Voyant son regard insistant, Aela rougit, déstabilisée par l'attention de la jeune fille.

— Tu brodes? demanda la blonde.

— Non, pas du tout. Mais j'aimerais beaucoup. Que comptes-tu faire?

— Cassiopée, s'exclama Aela, avec tellement d'entrain et des étoiles plein les yeux.

— Ae et moi, on est passionnés d'astronomie, expliqua Malo.

— C'est vrai que le ciel étoilé est des plus fascinants. Pour moi, il est une source intarissable d'inspiration, confia la brune.

Malo se redressa et poussa un cri de joie. Il tendit sa main à Aela qui lui fit un check sans hésiter. La jolie blonde tendit ensuite sa main vers Jeanne, qui entreprit avec un grand sourire de reproduire ce geste avec les deux amis.

— Le ciel, c'est la vie! s'extasia Malo.

Reprenant leurs activités, Jeanne essaya de redevenir sociable et de s'intégrer. Elle avait réellement envie que cela marche pour une fois dans sa vie. La jeune fille mourrait d'envie d'avoir un toit sous lequel elle se sentirait en sécurité, où elle pourrait se reposer, d'avoir des amis avec qui elle se sentirait en confiance tout le temps, qui ne la jugeraient pas, d'avoir une petite amie qui l'aimerait pour qui elle est vraiment. C'était son rêve le plus cher.

— Cela fait longtemps que vous vous connaissez tous les deux? questionna la jolie brune.

Les concernés relevèrent la tête.

— Depuis la petite section! s'esclaffa Malo tout fier.

Jeanne tout d'un coup perdit encore plus le peu de sourire qu'elle affichait. Saurait-elle vraiment s'intégrer? Se mêler au milieu de cette amitié qui paraissait déjà si solide, si belle... Est-ce que cela valait le coup de se faire des amis, pour les perdre tout juste après? N'y avait-elle pas cru trop vite? Ses peurs resurgirent pour venir l'écraser de plein fouet comme l'avaient fait la carrosserie et l'airbag. Elle ressentait de nouveau le verre dans ses cuisses, la tordant de douleur. Elle ne voulait pas perdre encore quelqu'un. Pas à nouveau. Elle refusait de s'attacher. Le souffle court, elle rassembla toutes ses affaires dans son petit sac en cuir. Elle prit le casque de son frère, le mit sur ses oreilles, comme une barrière protectrice. Sa gorge lui brûlait et des larmes s'étaient installées au creux de ses yeux. Comment avait-elle pu espérer construire quelque chose? Elle était maudite, transformant tout sur son passage en poussière.

— Jeanne? Ça ne va pas? demanda Malo surpris par le changement de comportement de la brune.

Sauf que la jeune fille en question était trop prise par le tourbillon infernal en elle. Elle ne saisissait pas les questionnements du jeune homme. Son casque n'aidait en rien même sans musique. Tout ce qu'elle discernait était les hurlements de sa mère, son père qui essayait de les rassurer et les gémissements de son grand frère.

— Regarde-moi, Jeanne.

Regarder qui? Quoi? Il n'y avait que du chaos autour d'elle. Du sang, des corps, des débris et de la fumée.

— As-tu un mantra? Quelque chose que tu fais en cas de crise d'angoisse? Moi, je me concentre sur mes cinq sens.

— ...

— Regarde autour de toi, trouve cinq éléments.

La jeune fille tourna la tête, cherchant à sortir du mirage où elle était enchaînée. Elle observa autour d'elle, prit le temps de se concentrer sur son environnement malgré la douleur dans sa poitrine : son sac en cuir d'un beau bronze, la broderie d'Aela, les rubans roses reliant ses tresses, le carnet de Malo, ses yeux bleus troublants comme l'océan.

Sa respiration était encore saccadée et soutenue, mais Jeanne avait repris des couleurs et tremblait moins à présent.

— Qu'est-ce que tu entends? Cette fois-ci tu dois identifier quatre sons.

Maintenant, Jeanne devait se détacher des alarmes de la police et des pompiers, du crash, ou encore du feu embrasant l'habitacle. Il fallait qu'elle ignore les hurlements et se focalise sur le chant des oiseaux, le bruit des voitures au loin... Les voitures... Non. La brune avait besoin de rester concentrée. Marthe et Ronan parlaient à l'intérieur de la maison des Guillou. Une dernière chose, juste une dernière...

D'un coup, Aela se mit à fredonner une berceuse. Jeanne se détendit un peu plus.

— C'est bien. Tu y es presque. Maintenant, réfléchis à trois trucs que tu peux sentir avec le toucher.

Elle sentait le cuir de ses chaussures basses, elle posa ses mains sur le casque de son frère, elle en caressa le métal et le plastique. Elle fit de même avec les bagues à ses doigts : les alliances de ses parents, ainsi que celles que lui avait prêtées Malo. D'une certaine manière, ils seraient toujours là. Ils sont morts, mais tout va bien. Jeanne est en vie et ils sont présents à ses côtés même à cet instant. Du moins, c'est ce dont elle essayait de se persuader.

— Allez! Plus que deux sens, Jeanne! Trouves deux odeurs que tu peux sentir!

L'herbe coupée ce matin par Ronan. Jeanne le visualisait parfaitement avec son ventre rebondissant à chaque bosse sur le terrain, le front luisant, les yeux plissés à cause du soleil.

Le parfum fleuri qui se dégageait du cou et de la robe d'Aela. Cela lui rappelait celui que son frère lui avait offert : *Our Moment* des One Direction. Jeanne avait sauté au plafond en découvrant le cadeau de son aîné. Il l'avait constamment soutenue dans toutes ses passions même lorsqu'il fallait accompagner sa petite sœur voir le boysband le plus en vogue. En vrai, il avait aimé, et même s'il ne l'avait jamais reconnu, Jeanne avait toujours pensé qu'il avait un petit crush pour Zayn Malik.

— Jeanne? C'est le dernier sens : le goût.

Malo se pencha vers elle et lui tendit un des biscuits de Marthe aux amandes. Elle en apprécia la saveur lui rappelant ceux de sa grand-mère.

Quand elle revint à elle, Jeanne se sentit encore plus mal. Elle qui avait réussi avec sa thérapeute à ne plus avoir de crise de panique et d'hallucination... Finalement, est-ce que Luménirec serait tout l'inverse de son salut? À présent, elle doutait de tout.

Pourtant, la jeune fille était aussi bizarrement soulagée, la technique de Malo lui avait permis de sortir complètement de sa transe et de retrouver les pieds sur terre. Maintenant qu'elle était bien là, ancrée, elle affichait une mine penaude.

Malo inquiet se rapprocha.

— Ça va mieux? Tu veux peut-être rentrer?»

Jeanne ne put que hocher la tête.

Il se précipita à l'intérieur pour prévenir Marthe. Elles rentrèrent quelques minutes plus tard après avoir dit au revoir à Ronan, Aela et Malo.

Le trajet à pied se déroula dans le silence. La vieille dame sentait bien que Jeanne avait besoin de calme, surtout quand son cerveau hurlait toutes sortes de mots dans sa tête. Elle se contenta de profiter du moment avec la benjamine. Marthe espérait juste que la jeune fille finirait par s'ouvrir. Elle avait foi, ce n'était qu'une question de temps. La vieille dame caressa son obsidienne entre ses doigts. Elin faisait toujours bien les choses. Marthe était persuadée que là où elle était, Elin lui réservait de belles surprises. Jeanne, se tournant vers son employeur, la vit esquisser un sourire. Ce moment était bien plus doux que quelques minutes auparavant.

Une partie de la jeune fille aurait voulu être normale, elle aurait souhaité profiter de cette après-midi avec ses amis naturellement. Mais tout était si compliqué depuis la mort de sa famille. Pourtant, elle revenait de loin. Jeanne se remémorait les premiers jours, premiers mois, où le moindre mouvement était douloureux. Elle avait été bloquée si longtemps à l'hôpital entre quatre murs blancs avec cette odeur de désinfectant. Elle s'était réveillée avec l'annonce la plus... il n'y a pas de mot pour qualifier cela. On lui apprit qu'elle était la seule survivante de l'accident. Elle devrait continuer à vivre, se battre, sans eux. *Sans eux.* Elle avait dû réapprendre à marcher, *sans eux.* Retourner au lycée, *sans eux.* Avoir une vie de famille, *sans eux.* Vivre, *sans eux.*

Quand elle et Marthe furent rentrées, elle regarda l'heure : 18 heures 10. Il n'était pas encore trop tard. Elle s'excusa auprès de Marthe, qui observait l'avancement des travaux des ouvriers partis depuis peu, pour aller à l'étage se retirer dans sa chambre.

À peine avait-elle passé le pas de la porte qu'elle plaqua son dos contre celle-ci et se laissa retomber lourdement au sol. Elle saisit son portable dans son petit sac en cuir.

Le cœur menaçant de sortir de sa poitrine et téléphone dans la main avec le numéro de son ancienne psychologue affichée, Jeanne appuya sur le bouton d'appel.

«Allo? Madame Simon? C'est moi Jeanne.»

Chapitre 9

Quelques jours étaient passés depuis sa nouvelle crise d'angoisse. Jeanne avait pris la décision de rappeler sa thérapeute et d'entamer des séances à distance en visio ou par téléphone, puisqu'aucun psychologue n'était à moins d'une heure de Luménirec. Alors, elles avaient imaginé cette solution ensemble, Jeanne en était déjà soulagée.

Marthe avait observé le changement et les progrès de Jeanne de loin. Elle rêvait de plus, bien plus avec la jeune fille. De l'extérieur, on aurait pu croire que l'octogénaire faisait du surplace avec elle, sauf que Marthe avait une bonne intuition. Sa vision était claire et limpide. Elle n'avait pas peur, au contraire, elle constatait chaque jour que la carapace entourant la magnifique aura de Jeanne s'effritait. Luménirec et tout ce que ce village provoquait dans la vie de Jeanne l'ouvraient à nouveau au monde et aux autres. La jeune fille n'en avait pas conscience, mais elle guérissait. Certes, très lentement, mais ses plaies se refermaient enfin.

La vieille dame, ce matin encore, ne dit rien. Elle dégustait son fidèle morceau de fromage avec le pain d'Ouriel. Elle s'arrêtait seulement pour prendre quelques gorgées de son café bien noir, observant la jeune fille silencieusement. La sonnette les interrompit dans leur petit déjeuner. Tout cela avait un air de déjà-vu. Jeanne se précipita à la porte, y trouvant Malo, une nouvelle fois.

«Hey… Ça va mieux?

— Oui. Désolée… s'excusa Jeanne la tête baissée.

— T'excuse pas d'avoir des traumatismes, des maux, des peurs Jeanne. C'est normal.

— J'aurais aimé rester et m'amuser avec vous…

— On pourra réessayer, si tu le souhaites?

Jeanne acquiesça, touchée par la proposition du jeune homme. Ce dernier la prit dans ses bras. Surprise, elle se laissa faire, sa tête tombant sur son épaule. Il sentait bon la pomme et le déodorant. C'était une odeur réconfortante.

— On ne se connaît pas beaucoup, mais je t'apprécie Jeanne. Tu n'as pas à jouer un personnage avec moi ni Aela, expliqua-t-il à l'oreille de la brune.

— Hm...

— Je dérange? fit une voix suave.

Jeanne se recula à toute vitesse et piqua un fard en voyant Louise. Elle avait tressé ses cheveux. Elle arborait une longue robe violine recouverte de fleurs brodées et portait de petites sandales de ton ocre. La belle rousse lui offrit un magnifique sourire.

— Oh c'est bon! Je vous taquine, voyons! s'éclaffa-t-elle.

— Salut Louise, s'exprima enfin Malo.

— Ça va avec Sulio? le questionna-t-elle avec des petits yeux rieurs.

— S... Su... Suliooo?

— Oui, Sulio, le mec sur qui tu craques depuis la seconde, tu sais?

— Comment tu sais ça toi?

— Je suis observatrice, ricana-t-elle.

Alors, ils se connaissent...

Ils n'avaient pas l'air si proches, mais suffisamment pour discuter normalement. Jeanne se fit la réflexion que Louise était une louve solitaire. Se serait-elle trompée sur le compte de la belle rousse qui la dévisageait avec son regard envoûtant?

— Que fais-tu là? demanda Malo les mains sur les hanches.

— Je voulais proposer une sortie à Jeanne.

Elle la regarda, intriguée.

— Moi aussi. Avec Aela, on voudrait te proposer d'aller au cinéma ce soir, voir le nouveau film d'animation ? Ça te dit ?

— Oh. Euh…

— On réessaie, on a dit ? Après si tu ne te sens pas prête, on peut reporter cela à une prochaine fois.

Non, Jeanne avait vraiment envie de tenter à nouveau cette expérience sociale. Il faudrait bien qu'elle avance un jour, qu'elle se fasse des amis.

Prenant son courage à deux mains, elle dit :

— Ce soir, c'est parfait ! J'ai hâte de le voir, la bande-annonce me faisait envie.

— Super ! On se retrouve à 19 heures devant chez moi ? Ça nous laissera le temps de grignoter un truc avant la séance.

— D'accord.

— Génial !

Louise était toujours là, sur le porche de la maison de Marthe. Elle ne disait rien, observant la scène qui se déroulait devant ses yeux. C'était comme si elle avait enlevé une part de son charisme, de son aura pour laisser de la place à Malo.

— Aela va être trop contente ! Je vais la retrouver ! À ce soir !

Le jeune garçon, habillé de son fidèle short gris et d'un t-shirt à l'effigie d'un de ses jeux vidéo préférés, fit de grands signes à la brune, faisant bouger ses cheveux longs dans tous les sens. Il courut, partant retrouver sa meilleure amie de toujours, laissant les deux jeunes femmes ensemble.

Après quelques secondes qui parurent une éternité, Jeanne décida de prendre la parole, son cœur tambourinant dans sa poitrine.

— Et cette sortie ? Tu voulais qu'on aille où ? Toutes les deux ?

Elle sautillait sur ses pieds et jouait avec ses mains nerveusement, faisant rouler ses bagues. La rousse sourit.

— Au bord de l'océan.

Le regard de Jeanne s'illumina.

— Je le sentais.

Jeanne fronça les sourcils, pas certaine de comprendre. Elle ne pouvait pas parler de ça, si?

— Que tu avais un truc avec la mer, rajouta Louise, avec un petit sourire.

— Oui... Comment as-tu su?

— Secret! dit-elle de façon espiègle.

— Je suis d'accord. Je veux bien venir avec toi.

Louise sourit à nouveau, faisant ressortir de jolies fossettes de chaque côté de sa bouche. Ses tâches de rousseurs lui donnaient toujours autant un charme auquel Jeanne était loin d'être insensible. C'était comme avoir une constellation sur le visage, lui avait dit sa mère par le passé pour rassurer la brune.

— Eh oui, juste toutes les deux, pour répondre à ta question. Pourquoi tu aurais voulu que quelqu'un nous accompagne?

— Euh, non. Non! paniqua la brune.

— Je t'embête petite ondine.

Le cœur de Jeanne tambourina dans sa poitrine.

— Petite ondine?

— Oui, tu me fais penser à une naïade, nixe, une nymphe, une fée des eaux...

— Pourquoi ça? demanda Jeanne, déstabilisée et touchée par ce geste.

— Ta beauté est époustouflante, elle a quelque chose de féérique. Tu as une aura douce, et en même temps, on sent une force et que sous cette âme brisée se cache quelque chose de plus profond. Cependant, on dit souvent qu'il faut faire attention à l'eau qui dort. Tu pourrais être dangereuse si tu le voulais Jeanne. Mais tu ne connais pas encore toute la puissance que tu pourrais puiser en toi. Et par-dessus tout, tu me fais penser aux ondines qui versent des larmes bénites. Ta souffrance ne sera pas ton fléau.

Jeanne ne dit rien, trop surprise par le discours de la fille des Johansson. Comment savait-elle tout cela? Bien évidemment, même si elle n'en parlait jamais, la brune n'était pas dupe et se doutait que Luménirec était déjà au courant du décès de sa famille. Mais dans les mots de Louise, il y avait bien plus, comme si la rousse avait vu au fond de son âme. Tout cela la laissa pantoise.

— Ne dis rien alors.

Lisait-elle dans les pensées?!

— Non, je ne lis pas dans tes pensées Jeanne Lecomte. Mais tu es un livre ouvert. Surtout pour moi qui suis si... empathique... expliqua Louise en cherchant ses mots.

— Je vois... rougit la brune.

— Alors partante?

— Je ne sais pas... J'avais prévu de continuer le rangement et le nettoyage...

Encore des excuses, Jeanne repoussait les gens avant de les décevoir ou qu'ils ne partent. Mais Marthe ne lui laissa pas l'occasion de se dérober cette fois-ci. Elle apparut sur le porche et intervint dans la conversation.

— Tu peux y aller Jeanne. Tu as bien assez fait cette semaine. En plus on est vendredi, et si tu profitais d'un long week-end pour te reposer? Nous reprendrons tout cela lundi avec l'entièreté du jardin.

— Oh. Merci, c'est très gentil à vous, s'exclama Jeanne.

La vieille dame grimaça. Elle avait beau demander à la jeune fille de la tutoyer, elle n'y arrivait pas. Mais elle savait que ce n'était qu'une question de temps.

— Allez, vas-y avant que je ne change d'avis, pouffa l'octogénaire, voyant l'expression de son employée (qui était au fond bien plus que ça).

— Oh. Que dois-je prendre ou porter? demanda Jeanne complètement paniquée.

— Juste de bonnes chaussures de marche feront l'affaire. Prends quand même un maillot de bain si tu veux te baigner et une serviette.

— Je n'ai pas de sac à dos... Pas sûre que ma mallette ou ma valise fasse l'affaire.

Jeanne lâcha un petit rire.

— Je dois en avoir, je te sors ça tout de suite.»

Louise sourit devant les attentions de la vieille dame. Elle se rappela petite de ces fameux après-midi chez Marthe avec sa grand-mère, Elin. Elle se souvenait de leur complicité. Elle espérait qu'avec Jeanne, elle pourrait construire le même genre de relation.

Quand elles furent prêtes, les deux jeunes femmes saluèrent Marthe et partirent vers les hauteurs du village.

Enfin au-dessus de cette falaise culminante de schiste et de calcaire, Louise et Jeanne contemplèrent le ciel dégagé, son bleu venait se fondre dans l'océan s'étendant à l'horizon. Des graminées et petites fleurs peuplaient l'herbe sèche autour d'elle. De l'autre côté, elles avaient une vue complète sur Luménirec et les villages environnants. Le panorama s'offrant à elles était époustouflant.

La brune savourait la brise fouettant son visage. Le goût de sel sur ses lèvres lui avait tant manqué.

«Wow! C'est si vertigineux! s'exclama Jeanne.

— C'est ici que je viens quand ça ne va pas. Car quand je cours au milieu des fétuques rouges, des obiones, des bruyères, des ajoncs et des prunelliers, quand je viens retrouver les vagues s'écrasant sur les parois, c'est à ce moment-là que me sens vraiment libre.

— Je peux comprendre ce sentiment-là, avoua Jeanne les cheveux au vent.

Le soleil bien haut tapait, faisant chauffer leurs parcelles de peau dénudées. Malgré la chaleur ambiante, la brune serait restée des heures à admirer le paysage.

Alors que Jeanne était toujours absorbée par le spectacle qui s'offrait à elle, Louise l'interpella.

— Tu me suis?

— Où ça?

— Sur la plage, voyons!»

Louise éclata de rire et tendit sa main. Jeanne ne savait pas comment la rousse lui transmettait ces émotions de confiance et de bien-être, mais elle la remercia intérieurement pour cela. Après une légère hésitation, elle prit la main de Louise, et emprunta le petit sentier où elle commençait déjà à descendre. C'était escarpé et proche du vide. D'habitude, Jeanne aurait été terrifiée, mais là, elle n'avait aucun mal à se laisser porter par la magie du moment. Et par-dessus tout, Louise avait ce don de lui donner le sentiment qu'elle pourrait tout surmonter.

Après plusieurs minutes de marche, elles se retrouvèrent en bas, entourées de rochers. Plus les deux jeunes femmes se rapprochaient de la plage, plus elles voyaient des gouilles d'eau remplies d'anémones et de petits poissons. Elles s'amusèrent à sauter de roche en roche avec leurs chaussures dans les mains.

D'un coup, Louise stoppa Jeanne dans sa course, provoquant presque la chute de cette dernière. La rousse se tourna vers elle un doigt sur la bouche. Elle s'accroupit et demanda à Jeanne de faire de même.

«Qu'est-ce qu'il y a? chuchota la brune.

— C'est un pingouin torda. On n'en voit quasiment jamais. Leur espèce est menacée, comme tant d'autres, expliqua tristement Louise.

Elle lui montra du doigt l'oiseau les surplombant un peu en hauteur sur son promontoire, prêt à plonger récupérer son déjeuner. Son pelage noir sur dos et blanc sur le ventre se confondait presque dans la roche. Il n'était pas plus grand qu'une soixantaine de centimètres. Son bec noir comportait quelques rayures grises, et le bout de ses ailes était blanc, comme si l'on avait voulu peindre l'oiseau.

— Ce sera bientôt la période de la couvaison. Elle commence généralement vers la fin de l'été.

— Tu en sais des choses, s'extasia Jeanne.

— C'est parce que la Nature me passionne. Elle est l'essence de notre Terre. On doit à tout prix la respecter!»

Jeanne ne put qu'acquiescer aux paroles de Louise. Depuis toute petite, elle s'était toujours sentie intrinsèquement liée à la nature. Avant l'accident, elle se souvenait avoir tant de fois observé la lune et les étoiles, remercié les arbres, les buissons, les fleurs. Elle se rappelait avoir passé des heures les pieds dans l'eau, que ce soit un lac, une rivière, un ruisseau ou l'océan, à tel point qu'elle en avait systématiquement eu les orteils fripés. Sa mère était obligée de la sortir de ses transes intérieures pour qu'elle rentre à la maison. Sa vie, sa place sur Terre était auprès de cet élément si spécial pour elle.

«Tu viens? la héla Louise.

Jeanne reprit conscience d'où elle était et de ce qu'elle faisait. Très vite, la rousse laissa ses affaires sur la plage, se déshabillant en deux en trois mouvements pour partir rejoindre l'océan Atlantique. La jeune fille resta figée sur le bord. Elle avait bien mis son maillot de bain en dessous de ses vêtements, mais elle restait là, immobile, en proie à une hésitation intense. La brune avait peur de montrer certaines parties de son corps. Elle aimait son corps avant, le drame l'ayant amené à détester certaines parties à jamais déformées. Malgré son ancien amour, elle avait toujours complexé sur ses bras tout granuleux et rosés enlaidis par sa maladie de peau. Que penserait Louise si elle venait à les toucher? Ce n'était pas agréable. Et ses cuisses? Qu'allait-elle dire quand elle verrait les énormes cicatrices qui les parsemaient?

— Allez! Elle est super bonne! Ça te rafraîchira! appela la rousse une nouvelle fois.

Voyant que Jeanne ne bougeait pas d'un millimètre, la plus âgée décida de sortir de l'eau et de la rejoindre.

Sur le sable, la jeune fille admira Louise qui revenait, arrangeant ses cheveux flamboyants trempés et pleins de sel. Ils avaient ondulé à cause de l'humidité. Elle ne savait pas si c'était le soleil ou le bleu de l'océan, mais Jeanne avait l'impression que ses yeux verdoyants ressortaient encore plus que d'habitude. Ils étaient chaleureux, tout comme son sourire.

— Ça ne va pas?

— Je... je ne peux pas... bredouilla la jaune fille.

— Tu veux rester sur la plage?

— C'est juste que... j'ai du mal avec mon corps depuis...

— Oh. Je suis désolée! Je n'y avais même pas pensé, ragea contre elle-même.

— Ce n'est pas grave.

— Tu veux qu'on reste juste là? Ou que l'on rentre?

— Ou alors on pourrait juste tremper nos pieds?» proposa Jeanne le regard brillant.

Louise lui sourit et enveloppa sa main de façon rassurante. La brune avait préalablement remonté son pantalon en toile jusqu'au genou cachant ses cuisses. Seuls ses mollets légèrement poilus étaient visibles. Elles marchèrent main dans la main jusqu'à l'océan paisible. Les vagues chuchotaient une douce mélodie les berçant. Jeanne était contente d'essayer, même si ce n'était qu'un minuscule pas, elle avançait.

Les cheveux au vent, le sourire aux lèvres, les deux jeunes femmes savouraient les bourrasques salées et les rayons du soleil d'été caresser leur peau. Jeanne aurait voulu que cet instant dure pour toujours. Alors, elle se tut et profita comme elle ne l'avait plus fait depuis bien trop longtemps.

Chapitre 10

Pourquoi avait-elle pris cette veste en jean en plus, se demandait Jeanne depuis dix minutes. Elle mourait de chaud malgré la baisse de température. Malo, Aela et elle marchaient en direction du cinéma. Ils avaient rejoint le centre-ville du village.

Jeanne restait un peu en retrait, silencieuse. Pourtant, ce n'était pas faute de nombreux essais de la part des deux jeunes adultes. Néanmoins, ses pensées parasites et ses appréhensions l'empêchaient de totalement se laisser aller. Toutefois, sa présence montrait sa volonté d'essayer. C'était déjà beaucoup. Malo lui en était très reconnaissant, cela lui faisait plaisir de la voir se battre. Il souhaitait que Jeanne se plaise, ici, à Luménirec. Et pour une raison plus égoïste, il espérait que si Jeanne s'épanouissait au village, elle voudrait rester. Alors, il n'aurait plus à passer l'année scolaire seul, avec tous les autres ayant déserté Lumé…

La nuit tombante, le bourg se taisait, sauf à l'approche de la fin de semaine. Ce mercredi soir, il n'y avait donc pas grand monde dans les rues aux allures médiévales. Le claquement de leurs chaussures contre les pavés résonnait. En se rapprochant des commerces encore ouverts, on pouvait observer en terrasse les quelques habitués des bars et restaurants. Des glycines sur les poutres décoraient les façades des bâtiments aux couleurs ocre. Cette ambiance campagnarde était reposante pour Jeanne, elle l'appréciait, humant l'air moins lourd. La nuit n'arrêtait jamais la ville, remplie de beuveries. Pas qu'en ruralité on boive moins, au contraire, mais cela se faisait plus dans l'intimité, en famille. Jeanne avait du mal avec cet aspect très français, toujours tabou, d'autant plus dans cette région.

Elle soupira et se concentra sur la route. Étant dans ses pensées, elle n'avait même pas remarqué que le cinéma était devant eux. Malgré le fait qu'ils aient mangé avant de venir, Malo insista pour acheter du pop-corn. Jeanne sourit en empoignant le paquet rempli à ras bord. Elle se rappelait encore les batailles avec son grand frère, pour savoir lequel des deux prendrait le dernier pop-corn, quand il ne restait plus que quelques grains de maïs enrobés de sucre au fond. Ceux-là mêmes avec lesquels il lui arrivait parfois de s'étouffer.

«Tu viens? demanda le garçon.

Aela les attendait plus loin, les places dans une main, une gourde d'eau dans l'autre.

— J'arrive. Je vais d'abord passer aux toilettes.

— Je t'accompagne, affirma la blonde.

Aujourd'hui ses tresses étaient attachées en un chignon complexe décoré de fleurs et de rubans. Aela portait une robe salopette bleu ciel, avec une chemise blanche bouffante en dessous. Elle avait remis ses jolis souliers, et des chaussettes claires en dentelle. Jeanne restait toujours admirative devant les tenues de la jeune fille.

— D'accord, je prends vos tickets et le pop-corn. Je vais déjà m'installer dans la salle, comme ça je réserve nos places, fit-il tout souriant à l'idée de ce futur rapprochement.

Le cœur de Jeanne battait la chamade. Allait-elle dire des sottises? Se faire remarquer en mal? La tournure de cette évasion aux toilettes la faisait frissonner.

— Tout ira bien.» murmura Aela, ayant compris son trouble.

Était-elle tant que ça un livre ouvert?

Arrivées sur place, elles se dirigèrent chacune vers une cabine. Jeanne se fit les mille scénarios de cette future scène. Elle rejouait les dialogues, la gestuelle, comme une pièce de théâtre ayant eu le droit à mille réécritures. Ce remue-méninge ne fit qu'accentuer ses peurs.

C'est devant ce grand miroir rectangulaire et les mains dans le savon qu'elles parlèrent.

«Comment que c'est?[1]

— Ça va... Et toi?

Aela regarda la jeune fille avec une moue contrariée.

— Je sais bien qu'on n'est pas très proches, que tu viens d'arriver, et que tu connais moins Malo que moi. Je ne sais pas encore qui tu es, mais j'aimerais que cela change à l'avenir et que l'on devienne amies. Alors, si tu veux te confier, dire la vérité par rapport à ce que tu ressens vraiment au fond de toi, n'hésite pas. Je t'écouterai.

Depuis combien de temps Jeanne n'avait-elle eu une interaction comme celle-ci? Longtemps, très longtemps même...

Assez pour qu'elle rejette tout le monde autour d'elle, et que les gens partent d'eux-mêmes. La brune ne supportait plus la pitié des gens, ne supportait plus la vie tout court à vrai dire. Plus rien n'avait de sens. Tout était devenu insoutenable sans eux.

Sauf qu'elle n'était plus cette Jeanne, cette ado complètement perdue et en souffrance perpétuelle. Elle devait arrêter de se comparer et de ressasser le passé. Elle avait accepté cette annonce, avait tout quitté pour s'offrir une nouvelle chance. Alors elle devait prendre cette main qu'on lui tendait et ne plus penser forcément que c'était de la pitié. Les gens pouvaient l'aider, l'aimer, sans s'y sentir obligés.

— Aujourd'hui, je crois que ça va... J'ai passé une bonne journée, confia Jeanne.

Le visage d'Aela s'illumina aux dires de sa nouvelle amie.

— C'est super ça. J'espère que tu passeras aussi une belle soirée en notre compagnie.

La brune ne put que hocher la tête.

— Tu viens? On va rejoindre Malo?»

La blonde tendit sa main, et Jeanne la prit, puisqu'elle avait envie d'avancer.

---

[1] "comment que c'est" : "comment tu vas?"/"comment ça va?" en dialecte breton

Chapitre 11

Ce serait une bonne journée. Oui, Jeanne s'était levée avec cette certitude. Pour une fois, elle avait mis une jupe, comme lors de son arrivée, mais très longue pour ne laisser qu'entrevoir ses mollets. Elle s'était dirigée d'un pas décidé en direction du centre du village pour se rendre *Aux deux hirondelles* voir Ouriel et Josselin et accepter leur offre. Elle avait pris sa décision après le cinéma. Si elle voulait aller mieux, avancer, elle devait se challenger et accueillir cette opportunité. En plus, elle savait pertinemment qu'assister le couple lui plairait. Ils étaient adorables et elle avait toujours souhaité travailler dans une boulangerie ou un café. Les jeunes tourtereaux avaient d'ailleurs songé à faire une extension pour que les clients puissent y déguster leurs produits sur place et boire un expresso avec une viennoiserie le matin. Mais pour cela, il faudrait du temps et plus d'employés.

Rien ne pouvait arrêter Jeanne ce matin, revenant du village, le sourire aux lèvres, le soleil caressant sa peau. Elle se sentait invincible. Il y avait bien longtemps qu'elle n'avait pas ressenti cela. Peut-être que le petit mot de Louise y était pour quelque chose ? Dans la boîte aux lettres, elle avait reçu un message lui donnant rendez-vous ce soir à l'entrée de la forêt pour observer le coucher de soleil et le ciel étoilé. Ce serait bientôt la saison des étoiles filantes, ce qui rendait la brune euphorique. Elle ne l'avouait pas encore, mais la rousse lui faisait beaucoup de bien. Cependant, elle ne voulait pas s'accrocher à ce ressenti ni voir Louise comme une bouée de sauvetage, voire une béquille pour avancer. Elle désirait remonter à la surface seule, et elle y arriverait. Elle le devait.

Jeanne était aussi fière de ses efforts de la veille. Être à nouveau sorti avec le duo au cinéma lui avait beaucoup demandé. Mais elle ne regrettait rien. Au contraire, elle avait passé une belle soirée et en avait pris plein les yeux. Il fallait vraiment qu'elle se remette sérieusement à dessiner et peindre. Cela lui manquait, et elle sentait que c'était enfin le moment de reprendre cette ancienne passion qu'elle avait tant ignorée ces dernières années. Elle se promit d'y retoucher plus longtemps que la fois précédente avec Malo et Aela, même si ce n'était qu'un simple trait.

Repenser à ce jour-là, à sa crise d'angoisse, lui donna des frissons dans tout le corps. Elle secoua la tête dans tous les sens chassant ses pensées parasites. Prise d'une nouvelle impulsion, Jeanne courut jusqu'au séjour qui avait été retapé en partie. Sur son chemin, elle croisa de nombreux ouvriers. Arrivant dans la pièce, elle fut époustouflée par les changements. Le parquet étincelait après avoir été poncé et vitrifié. L'isolation n'était pas en reste. On pouvait voir des trous rebouchés dans les murs avec du plâtre. L'électricité commençait doucement à être rénovée. Il ne resterait plus qu'à peindre les murs. Jeanne aurait voulu y participer, mais vu la hauteur sous plafond mesurant quatre bons mètres, ce seront les peintres en bâtiment qui s'en chargeront.

Marchant dans la pièce, ses pas résonnèrent. La plupart des meubles avaient été retirés pour laisser place aux escabeaux, échafaudages et nombreux outils en tout genre. Entendant la démarche de la jeune fille, Marthe, installée dans le canapé recouvert d'un immense drap pour le protéger, se tourna vers elle.

« J'ai accepté, Madame Petit! J'ai dit oui!

— Pour travailler Aux deux hirondelles? demanda l'octogénaire avec un sourire amusé.

— Oui!

— Je suis heureuse que tu aies accepté. Je suis fière de toi Jeanne. Ce n'est que le début de ta nouvelle vie.

— Peut-être... osa chuchoter la jeune fille.

La vieille dame sourit. Voir la brune avancer de plus en plus lui confirmait qu'elle avait pris la bonne décision. Elle caressa l'obsidienne au bout de son collier, reconnaissante de ce cadeau de la vie. Elle se dit qu'Elin y était sûrement pour quelque chose. Marthe leva les yeux au ciel et remercia sa précieuse amie...

— Madame?

— Oui, Jeanne ?

— Ce soir, je passe la soirée avec Louise. Donc, je ne serai pas à la maison, expliqua-t-elle.

— Oh, je vois. Pas de soucis, profite bien.» lui souhaita l'octogénaire avec un sourire taquin sur son visage.

Jeanne acquiesça.

Aujourd'hui, elle était méconnaissable, elle rayonnait, portée par une nouvelle lumière. L'énergie autour d'elle crépitait, comme une étoile. Ce n'était plus l'âme terne, morose, que Marthe avait accueillie. Non, bien au contraire, c'était une toute nouvelle Jeanne Lecomte. Néanmoins, rien n'était gagné.

Portée toujours par ce nouveau flot, la jeune fille s'exclama qu'elle allait commencer à s'occuper de l'étage ayant terminé le rez-de-chaussée (si on omettait la cuisine). Elle ne tenait pas sur place, si bien qu'elle disparut du salon, laissant son employeuse seule. Elle courut dans les escaliers, cherchant le nécessaire pour trier, ranger et nettoyer la première pièce du premier étage.

Arrivant sur le palier, la porte du fond bleu ciel effacé à certains endroits l'appelait. Marthe lui avait dit qu'elle devrait s'en préoccuper en dernier. La jeune fille ne parvenait toujours pas à comprendre pourquoi. Elle n'avait jamais su ce qu'elle comportait et pourquoi c'était un secret. Parfois, Jeanne la voyait en rêve, entrouverte, mais l'intérieur de la pièce était sans cesse imperceptible, plongée dans le noir. Elle se réveillait perpétuellement frustrée.

Jeanne secoua sa tête dans tous les sens, souhaitant se reconcentrer sur sa tâche. Si Madame Petit lui avait donné ces consignes, c'était pour une bonne raison. Elle ne devait pas poser de question, ou elle finira comme les femmes de Barbe bleue. Elle en frissonna d'imaginer ne serait-ce qu'un instant que Marthe lui voudrait du mal. Elle n'était pas comme eux, comme ces «familles» avec lesquelles elle avait dû vivre.

La jeune fille, commençant réellement son travail, ouvrit la première porte à sa droite. Une immense bibliothèque lui fit face. Les étagères de chaque côté des murs montaient jusqu'au plafond, si bien qu'une échelle à roulettes y était accrochée. Les rayonnages étaient pleins à craquer. Les yeux de Jeanne pétillaient face à ces trésors.

Au centre de la pièce se trouvait une table longiligne en bois. Aux quatre coins de la bibliothèque étaient disposés des fauteuils ou poufs pour y lire les romans et autres encyclopédies que renfermaient ses murs. Jeanne découvrait un paradis pour les plus grands introvertis. Elle se promit de se réfugier ici de temps en temps pour s'échapper au travers des mots d'auteur formidable.

Saisissant la tête de loup et le plumeau, ainsi qu'une microfibre, elle entreprit de dépoussiérer les toiles d'araignées aux plafonds, sans oublier les saletés sur les rayonnages. Mais pour cela, la jeune fille dut retirer les multiples livres entreposés, ce qui lui prit bien deux heures vu le nombre affolant de volumes. Une fois le bois des étagères brillant, elle regarda la montagne de livres à ranger. Se rendant compte de la tâche et que ses muscles étaient endoloris, elle comprit qu'elle avait besoin d'une pause.

Jeanne descendit retrouver la cuisine. Voyant le panier de fruits reposer sur le pétrin, elle eut une idée. Elle coupa en petits morceaux quelques poires, pêches, abricots, brugnons, nectarines, pommes, prunes, ainsi qu'un melon. Pour finir, elle rajouta des fruits des bois : fraises, framboises, cassis, mûres, myrtilles et groseilles. Elle arrosa le tout de jus de citron et d'orange, qu'elle avait préalablement pressés. La brune mit la préparation dans deux petits ramequins. Le reste avait été laissé dans un grand saladier recouvert d'un torchon à la gelée royale, qu'elle mit au frais.

À côté de ça, la jeune fille voulut faire une citronnade. Elle s'empara alors des citrons restants, de cassonade (qu'elle préférait au sucre blanc), ainsi que d'une orange et d'un grand pichet d'eau. Sans savoir pourquoi, elle ajouta de la lavande qui traînait sur le plan de travail. Sur un plateau en bois peint, Jeanne disposa deux verres, la citronnade, des cuillères et les deux petits ramequins de salade de fruits. Un sourire se dessina sur son visage alors qu'elle rejoignait l'octogénaire sur le porche de la maison.

Jeanne s'installa avec elle, et vit le regard de Marthe devant les mets qu'elle apportait.

«Merci, Jeanne, c'est gentil de ta part. Je mourrais de soif!»

L'octogénaire avait toujours un sourire espiègle sur le visage, des yeux doux, une aura rassurante et une prestance non négligeable. C'était le genre de personne simple, mais qui aurait pu être tellement plus. C'était une grande dame.

Jeanne prit son verre et sirota avec plaisir sa boisson. Elle lâcha un grand soupir après avoir dégluti. Cela faisait du bien de juste se poser, profiter du beau temps, comme ça sur la terrasse sous le porche, à l'abri du soleil tapant. Elle entendait les oiseaux gazouiller. La circulation était lointaine, ne gâchant pas le paysage sonore les entourant. Parfois, une brise venait caresser leurs peaux plus ou moins dénudées par cette chaleur.

Ce fut l'une des premières fois où la souffrance de Jeanne était seulement en arrière-plan presque inexistante. Saurait-elle l'accepter et passer au-delà de celle-ci? Marthe l'espérait de tout son cœur. Tous les jours elle remerciait le ciel d'avoir mis sur sa route cette jeune fille si adorable. Secrètement, elle souhaitait qu'après la fin des travaux cette dernière prolonge son séjour, ne serait-ce qu'un peu...

Chapitre 12

«Tu aimes?

— Tu parles, j'adore! C'est magique ici, Louise!

— Viens, on va se poser.

Suivant le mouvement de Louise, Jeanne se permit de mieux regarder la clairière qui l'entourait. Elle prit le temps de l'analyser, remarquant les nombreux bosquets de chênes, de châtaigniers, de cyprès, d'hêtres et de pins. Quelques aubépines, fougères, ronces, érables, fusains et noisetiers les bordaient. Seules les fleurs poussaient jusqu'au centre de la clairière, la décorant de bleu, violet, rose et mauve. Le soleil de fin d'après-midi envahissait l'endroit lui donnant des couleurs chaudes. Les papillons, abeilles, bourdons et quelques oiseaux virevoltaient dans cet espace féérique.

Louise vit l'expression de Jeanne se complexifier au fur et à mesure de son observation.

— Mais, attends? demanda la brune avec un air interloqué.

— Oui?

— C'est la clairière de notre rencontre?

— C'est ça, sourit la grande rousse. Mais ce n'est pas notre première vraie rencontre.

— Ah bon? questionna-t-elle encore plus perdue.

— La boulangerie.

Les battements de son cœur accélérèrent, comprenant que Louise se souvenait de leur échange.

— Tu m'avais remarquée?!

— *Bien évidemment*! Déjà tout le monde ne faisait que parler de *la nouvelle arrivante* à Luménirec. Je voulais te voir de mes propres yeux, savoir qui tu étais. Ensuite, tu as plongé ton regard dans le mien très longtemps, dit-elle, en appuyant sur certains mots.

Jeanne piqua un fard directement et baissa la tête, gênée. Elle triturait nerveusement la peau granuleuse de ses bras.

— Ne sois pas stressée. Tout va bien. Tu étais trop mignonne. Et que tu soutiennes mon regard, ça m'a donné encore plus envie de te connaître.

— C'est vrai?

— Bien sûr, Jeanne. Tu es une personne intrigante.

— Tu dis ça parce que je suis brisée? lâcha Jeanne, comme s'il fallait que cela sorte.

— Non. Tu dégages une aura incroyable. Dans ta façon de te tenir, de parler, j'y vois une grande force. Ce n'est pas parce que la vie t'a anéantie que tu es morte Jeanne. Combats-la, à mes côtés, dit Louise tout en donnant sa main et demandant à Jeanne de la rejoindre sur le parterre de fleurs. Mieux, accueille-la et laisse-toi porter.

Jeanne s'assit donc à ses côtés et sourit.

— Je ne sais pas quoi dire...

Jeanne avait besoin de prendre confiance en elle pour exprimer ce qu'elle ressentait. Depuis leur mort, elle n'avait plus réussi à dire le bout de sa pensée, la profondeur de ses sentiments. Tout restait bloqué au fond de sa gorge, comme si une boule l'empêchait de faire sortir les mots qui devaient s'envoler. Oui, Jeanne devait faire sortir les oiseaux remplis de maux, leur redonner leur liberté.

Malheureusement, les familles d'accueil, malgré leur gentillesse et leur patience, n'avaient pas réussi à offrir un climat de confiance, de sécurité et aussi chaleureux que sa famille. Ou alors, c'était plus qu'elle avait refusé de voir cette atmosphère là-bas. Elle n'avait pas souhaité leur donner une chance. Après tout, elle n'était qu'une enfant en deuil.

— Alors, ne dis rien. Et profitons du moment. Surtout avec ce magnifique coucher de soleil.

Jeanne se confierait en temps voulu. La rousse attendrait. Elle savait être patiente.

Le soleil avait disparu, abandonnant derrière lui le ciel rougissant. Quelques nuages ornaient ce dernier, dans les tons violet et rose pastel. Jeanne peindrait volontiers ce spectacle majestueux que la vie leur offrait tous les soirs. Elle se laissa aller plus profondément dans l'herbe. Cela chatouilla ses chevilles et ses avant-bras. Une brise vint caresser Louise et Jeanne. Il faisait bon maintenant que la clairière s'était assombrie et couverte de bleu.

— J'adore... commença Jeanne hésitante. Être ici, avec toi, profiter de ce spectacle céleste.

— Moi aussi.» confia Louise tout en se tournant vers elle.

Elles plongèrent dans l'âme de l'autre, se perdant dans ce tumulte d'émotions. Le tourbillon dans le ventre de Jeanne continuait de grandir, presque prêt à imploser. Cela lui faisait autant de bien que de mal. Les étoiles se reflétaient dans le regard de la belle rousse, la faisant totalement craquer. Elle avait les mains moites, si bien qu'elle n'arrêtait pas de les essuyer sur son jean. La jeune fille ne pouvait non plus s'empêcher de sourire, jusqu'à avoir des douleurs aux zygomatiques.

Est-ce que ce bonheur serait éphémère? Car cela en était du bonheur, non? Elle voulait y croire, s'y raccrocher plus que tout. Peut-être qu'elle méritait d'être heureuse?

Louise se leva d'un coup, brisant le cocon dans lequel elles étaient depuis tout à l'heure. Jeanne se demanda pourquoi elle faisait ça et la regarda penaude alors que cette dernière partait plus loin dans la clairière, la laissant seule. La brune fut envahie d'un vide immense. Elle était loin d'aller bien. La température avait comme chuté et ses mains se mirent à trembler.

Mais la curiosité et l'affection prirent le dessus en voyant Louise se pencher vers un bosquet. Elle priait, les yeux fermés, chuchotant des mots en hommage aux fleurs se trouvant là. Elle en déracina un bulbe déjà éclos. De son point de vue, Jeanne n'arrivait pas à discerner la variété. La jeune femme revint vers elle avec sa trouvaille.

«C'est pour toi. Je les avais repérées lors de Midsommar. Ce sont des pétunias Night Sky. Je me suis dit que tu pourrais les planter chez Marthe, près de toi. Comme ça tu penseras toujours un peu à moi... chuchota Louise prise de rougeurs.

La brune la rejoignit et piqua à son tour un fard. Leurs taches de rousseur furent recouvertes par ces teintes rosées. Jeanne s'empara les fleurs, le regard fuyant.

Elles avaient une couleur bleu nuit, violine qui ne se trouvait rarement dans la nature. Sur ces pétales reconnaissables trônaient une multitude de taches blanches, semblable à un ciel étoilé.

— Je ne sais pas quoi dire... bredouilla-t-elle, le regard embué. Merci? Merde, je suis trop nulle pour remercier les gens. Mais sache que ça me touche. J'en prendrais bien soin.

— Ne t'inquiète pas. Déjà, tu n'as pas besoin de me remercier. Ça me fait plaisir. Et tu es trop mimi à chercher tes mots.»

La réponse de la rousse rendit le visage de Jeanne encore plus rose qu'il ne l'était déjà. Elle se tut et mordit sa lèvre. Dans le silence, le noir recouvrit le ciel de son manteau. Allongées, ici, toutes les deux dans l'herbe, elles savouraient ce moment comme si c'était le dernier. Le cœur de la brune allait exploser. Mille questions se bousculaient dans sa tête, mais la présence époustouflante et apaisante de Louise ne laissait aucune pensée s'installer complètement.

Luménirec serait peut-être son futur? Dans tous les cas, c'était son présent. Ce ciel étoilé apparaissant sur ce tableau de jais soulageait les plaies encore béantes de Jeanne. Elle espérait que, comme ces constellations qu'elle observait, elle saurait relier les points pour recoudre ses maux.

De fins doigts vinrent caresser le dos de sa main. Jeanne tourna sa tête en direction de la plus âgée, plongeant directement ses iris pour la centième fois de la journée. Et elle sourit. Peu importe ce que lui réserverait l'avenir, tout ce qui comptait à cet instant était ce moment aux côtés de cette jeune femme singulière.

Chapitre 13

Le carillon sonna, résonnant dans tout le magasin. Jeanne aimait cette mélodie, surtout le premier tintement du matin. Après qu'elle eut déverrouillé la porte, comme tous les jours depuis deux semaines, elle était venue presque aux aurores, retrouvant Josselin en train de préparer les nombreux pains, baguettes, croissants et autres viennoiseries en tout genre. Elle s'occupait de l'ouverture de l'enseigne, en mettant en place la vitrine avec les diverses pâtisseries, qu'elle agençait avec minutie. Elle déposait le tapis aux couleurs de la boulangerie avec son logo un peu douteux dessus. L'envie de le refaire titillait Jeanne. Peut-être que si elle en avait le courage dans le futur, elle oserait demander à Ouriel de le modifier.

Ce matin-là, elle courut dans tous les sens, les clients n'arrêtaient pas.

«Une tradition pas trop cuite.»

«Une croûte à thé[1] et trois croissants, s'il vous plaît!»

«Deux viennoises et une Gochtial, s'il te plaît ma petite Jeanne.»

«Un pain Aux deux hirondelles!»

«Je voudrais un Kouign-Amann, s'il vous plaît.»

«Dix pains au chocolat et dix croissants!»

«Un sachet de sablés de chez nous!»

Alors quand Ouriel arriva sur les coups de midi, même si elle adorait cette affluence, elle fut bien soulagée et heureuse d'avoir

---

[1] croûte à thé : est un gâteau poudre d'amandes, de blancs d'œufs, d'une pâte sucrée et présenté avec un joli vert amande.

une deuxième personne pour l'aider. Jeanne finissait dans une demi-heure, elle pourrait rejoindre Marthe pour le déjeuner, puis continuer son deuxième boulot.

Les matinées à la boulangerie épuisaient Jeanne, par conséquent, il lui était devenu difficile d'être efficace dans l'avancement des travaux pour la maison. Le rythme était ralenti. Cela n'inquiétait pas le moins du monde l'octogénaire. Au contraire, elle était heureuse de voir la brune de plus en plus épanouie ici. La jeune fille n'était pas sortie d'affaire, mais elle donnait une chance à la vie. Et ça, cela ravissait la vieille dame.

« Tu peux partir si tu veux, lui dit Ouriel tout en prenant rapidement la vente. Je peux me débrouiller. »

Elle lui sourit, mais Jeanne secoua la tête dans tous les sens et fit les gros yeux.

Normalement, la boulangère aurait dû fermer la boutique depuis plus d'un mois, elle serait bientôt à terme, mais elle s'obstinait à vouloir être là pour ses clients. Elle était sacrément bornée, ce qui exaspérait la jeune fille. Elle s'inquiétait de l'état de santé d'Ouriel. Josselin avait insisté pendant des jours et des jours, sans obtenir gain de cause.

Alors oui, il était hors de question pour Jeanne de partir en avance. Et s'il fallait qu'elle reste plus longtemps pour aider sans être payée, ce n'était pas grave. Marthe lui avait affirmé qu'elle pouvait manger seule et lui garderait sa part pour plus tard si cela venait à arriver. Elles préféraient s'occuper des deux tourtereaux.

Ouriel et Jeanne s'entraidèrent alors lors de la période du midi, vendant les nombreux sandwichs préparés soigneusement par Josselin le matin même. Il y en avait pour tous les régimes alimentaires, en passant par les omnivores, pesco-végétariens, végétariens et végans. Ouriel et Josselin tenaient à ce que tout le monde ici *Aux deux hirondelles* se sente accepté et puisse manger à sa faim. Certaines de leurs pâtisseries ou viennoiseries étaient donc sans gluten, ou sans œufs et lait pour rester en adéquation avec leurs valeurs.

Servant le dernier client du rush du midi, Jeanne allait enfin souffler. Libérée, elle pourrait surtout ordonner à la trentenaire de s'asseoir pour se reposer. Sauf que quand elle se retourna pour réprimander Ouriel, celle-ci avait les yeux écarquillés et fixait le sol. Une flaque s'était formée entre les deux jambes de la boulangère.

«Je... Je... J'ai perdu les eaux. Appelle Josselin! s'exclama-t-elle prise de panique.

Le corps de Jeanne se tendit d'un coup, crispant tous ses muscles. Vite, il fallait agir vite.

Heureusement pour les deux femmes, Josselin était dans l'arrière-boutique en train de terminer une fournée. La brune débarqua dans la pièce, gesticulant dans tous les sens.

— Ouriel a perdu les eaux! Il faut l'emmener à la maternité d'urgence!» lâcha d'une traite Jeanne.

Le trentenaire saisit tout de suite à la tête de Jeanne que quelque chose clochait. Sans laisser le temps à la brune, il se précipita auprès d'Ouriel. Comprenant immédiatement la situation, il arrêta le four, hurla quelques directives à la jeune fille complètement paniquée, arracha son tablier, prit ses clefs de voiture et partit avec Ouriel pour la maternité la plus proche.

«Alors des nouvelles d'Ouriel? fit Malo en sautant par-dessus la porte battante.

Il portait l'un de ses fidèles t-shirts à l'effigie d'un de ses jeux préférés, un jean délavé et des sneakers basiques. Il remit ses cheveux longs en arrière avec sa main en attendant une réponse de la part de Jeanne.

— Josselin vient de m'envoyer un message. Apparemment, elle est toujours en salle d'accouchement. Tout se passe bien, mais il est ultra stressé.

— Tu as eu beaucoup de monde? demanda-t-il.

Il s'accouda contre le comptoir et piqua un biscuit dans la corbeille de dégustations. Elle lui tapa la main tout en fronçant les sourcils.

— Laisses-en aux clients! râla-t-elle. Mais non, je n'ai pas eu grand monde.

— Allez, rentre chez toi. J'ai déjà dépanné Ouriel quelques fois. Je saurais fermer boutique. J'ai prévenu Josselin, il est OK.

Il poussa Jeanne vers la sortie comme si elle était un poids plume. Puis, il tendit sa main pour récupérer les clefs du magasin.

— Marthe t'attend! Et même, profites-en pour te reposer.

— C'est vrai que je me suis levée aux aurores, bâilla Jeanne.

— D'autant plus!

Glissant les clefs dans les mains de Malo, elle entreprit de se saisir de son sac, mis son tablier à l'intérieur et récupéra sa gourde. Elle souriait malgré la fatigue marquée sur son visage. Rénover la maison de Marthe et bosser dans cette petite boulangerie de village lui apportait stabilité et équilibre. Cela donnait du sens à sa vie, des objectifs. Ayant l'impression de reprendre le contrôle de sa vie, l'envie de dessiner se faisait de plus en plus forte. Bien sûr, cela faisait un moment qu'elle y réfléchissait, mais ce qui la surprenait vraiment était qu'elle envisageait de le faire plus sérieusement, de monter un véritable projet professionnel. Elle s'emballait peut-être, n'ayant même pas encore réussi à tracer le moindre trait. Néanmoins, elle avait toujours voulu être illustratrice ou autrice de bandes dessinées, son rêve l'appelait. Mais elle se mit à douter, les ombres la rattrapant comme toujours...

Avait-elle le droit? N'était-elle pas un porte-malheur qui n'attirait que la mort et la désolation sur son passage?

Non, elle devait se raccrocher aux progrès.

— Bon, j'y vais.

— Repose-toi bien.

Malo lui souriait. Il était heureux d'être devenu ami avec cette fille si singulière, un peu froide au premier abord, avec un gros caractère, malgré ses airs de timide, avec ses souvenirs, son passé, mais surtout ses rêves. Oui, il était heureux que son père l'ait tant tanné avec la nouvelle arrivante du village.

Alors que Jeanne allait passer la porte de *Aux deux hirondelles*, elle se retourna et dit :

— Merci.»

Chapitre 14

Le soleil dépassait enfin l'horizon, montrant le bout de son nez. Une goutte de rosée coula le long des pétales des Night Sky que lui avait offerts Louise. Jeanne avec l'aide de Marthe avait réussi à les planter dans la terre du jardin de son employeur et qu'elles reprennent vie au sein de ce dernier. La brune, tous les matins, les voyait depuis sa fenêtre, souriant à cette vision. C'était pour elle le moyen de bien commencer la journée.

Jeanne aimait le premier jour de la semaine. Il lui permettait de repartir sur de nouvelles bases, de nouveaux objectifs, notamment dans la maison de Marthe. C'était son jour productif, celui où elle se sentait capable d'abattre des montagnes. Sauf qu'aujourd'hui, on était dimanche, le dernier jour de la semaine. Celui où l'on se repose, où l'on déconnecte, ou au contraire celui où l'on s'ancre à nouveau à la Terre, au quotidien, et aux petits instants de vie qu'on oublie si souvent de savourer.

Josselin avait tenu à fermer la boutique pour être auprès d'Ouriel. Jeanne n'aurait donc pas besoin de se préoccuper de la boulangerie ces deux prochaines semaines. Marthe et elle avaient alors décidé de rendre visite à Ouriel à la maternité de Rennes. C'était l'une des plus grandes villes aux alentours, mais surtout celle qui avait tous les dispositifs les plus pointilleux pour s'occuper d'Ouriel et son bébé. Josselin était déjà là-bas. Il avait pris un Airbnb directement après l'accouchement. Ronan avait fait l'aller-retour pour lui apporter des affaires supplémentaires. Même si le maire était bourru et avait beaucoup insisté pour que Jeanne rencontre Malo, elle l'admirait beaucoup et l'appréciait énormément. Il l'avait un peu brusquée avec sa grosse voix et ses manières, mais la jeune fille s'apercevait bien tout ce qu'il faisait pour Luménirec et ses habitants en général, dont Marthe. Elle et lui étaient amis depuis de nombreuses années maintenant.

Quand Jeanne descendit pour voir où l'octogénaire en était, elle fut heureuse de constater qu'elle partirait bientôt. Cette naissance apportait quelque chose d'optimiste. La ville avait été teintée de nouvelles couleurs. Bien sûr, les vieilles vipères continueraient à piailler, mais cela ne ternirait pas le tableau.

Marthe et elle auraient dû prendre la voiture, mais Jeanne était encore loin d'être prête. Elle commençait seulement à nager de nouveau sans boire la tasse. Alors, les deux femmes prendraient le bus jusqu'à Rennes. La brune remerciait du fond du cœur son amie de faire cet effort.

Ayant terminé leurs affaires, elles partirent le sourire aux lèvres retrouver le jeune couple. Jeanne avait hâte de rencontrer leur petite fille. Elle espérait qu'elle aurait une belle vie malgré les aléas de celle-ci.

«Je te présente notre petite Armelle, gazouilla Ouriel, épuisée, mais rayonnante.

Dans son berceau de plastique transparent, sur une couverture, se tortillait un petit être rosi et plissé. Qu'on se le dise sincèrement, les bébés qui venaient de naître n'étaient pas beaux. Mais les yeux chocolat comme ceux d'Ouriel, et les quelques mèches noires semblables aux cheveux de Josselin lui donnaient du charme. Jeanne avait hâte de voir grandir Armelle. Mais pour en avoir la possibilité, il faudrait bien qu'elle fasse un choix. Qu'elle décide de rester, qu'elle trouve un logement, ou vive dans la région, pas trop loin de Luménirec, ou alors qu'elle ose demander sans avoir honte à Marthe de la garder encore un peu.

Le bébé gazouilla, elle regardait avec ses yeux grands ouverts Jeanne, la ramenant ici, dans le moment présent.

— Elle est mimi.» sourit la brune.

Josselin couvait les deux femmes de tout son amour, remplissant de joie la pièce entière.

Marthe s'approcha à son tour du berceau pour admirer l'enfant sorti des eaux. La terre tournait pour Ouriel et Josselin. Peut-être que Jeanne ne comprendrait jamais ces paroles de Daniel Balavoine. La façon d'appréhender le monde changeait du tout au tout en devenant parents. Elle aimait bien les enfants, sans non plus s'extasier, ni être en dégoût ou rejet. Ce n'était pas du tout une envie, et encore moins une priorité pour elle. Ce que voulait réellement Jeanne, c'était essayer d'aller mieux. Non, ce n'était pas d'essayer, mais l'être tout court.

Marthe et elle passèrent l'après-midi à la maternité à discuter avec le couple, se relayant pour s'occuper d'Armelle et laissant parfois la chambre vide pour qu'Ouriel puisse se reposer.

C'était simple, mais Jeanne était heureuse de vivre ces moments. Elle se réjouissait du bonheur des autres et reprenait espoir.

Chapitre 15

Ça y est. Août montrait le bout de son nez. Le temps avait défilé à une vitesse phénoménale. Les ouvriers avaient enfin fini l'électricité et la plomberie. Ils avaient aussi refait la toiture et les extérieurs. Quant à elle, Jeanne avait passé ces deux dernières semaines à terminer le premier étage, profitant de la fermeture de la boulangerie. Il ne restait plus qu'une seule pièce à cet étage, la dernière chambre, tout au fond à droite du couloir. Et Jeanne n'avait pensé qu'à une chose : *cette pièce*, cette chambre interdite pour elle, alors que les ouvriers avaient eu le droit d'y déambuler sans restriction pour refaire l'électricité.

Maintenant que la jeune fille avait fait le tri et le ménage dans sa chambre pour son séjour ici, ainsi que celle de la vieille dame, elle savait ce qui lui restait à faire. Jeanne était impatiente de boucler cette étape importante. Après cela, elle pourrait finir les dernières pièces du rez-de-chaussée, comme la cuisine. Mais surtout la curiosité la rongeait.

Son cœur tambourinant dans sa poitrine, elle s'avança vers la chambre, la clef que Marthe lui avait confiée dans la main. Que renfermait cette pièce si mystérieuse pour que l'octogénaire veuille la garder sous clef ? Une trace du passé ? Un lourd secret ? Pour en avoir le cœur net, la jeune fille clencha la porte. [1]

Elle y découvrit une pièce sombre. De grands rideaux de velours dans des teintes violines obstruaient les fenêtres, empêchant toute lumière de passer. La main de Jeanne chercha à tâtons l'interrupteur. La pièce fut enfin éclairée, mais très sommairement, l'ampoule devait être vieille. Néanmoins, la jeune

---

1 clencher : verbe désignant le fait d'actionner la poignée d'une porte, pour l'ouvrir ou parfois la fermer. Expression utilisée dans plusieurs régions comme la Normandie, la Bretagne, la Haute-Marne, ou encore la Lorraine, ainsi que le Québec.

fille y vit plus clairement. Tournant autour d'elle-même pour observer son environnement, Jeanne resta stupéfaite. Qu'était-elle en train de contempler? Elle ne trouvait pas les mots, bien trop estomaquée.

Un mur entier était recouvert par des bibliothèques débordant d'ouvrages qui semblaient très anciens. Elle s'en rapprocha et vit des titres qui la laissèrent pantoise.

La Roue de l'année.

Les esbats et sabbats.

La Lune.

Mes ancêtres.

Le Paganisme.

La Magie blanche.

La Wicca.

Le reste était bien trop abîmé par le temps ou poussiéreux pour que Jeanne discerne quoi que ce soit.

La brune se détourna vers un buffet chargé. Sur le dessus du meuble se trouvait un drap brodé de différents symboles. Il portait un joli camaïeu jaune orangé. Une petite plante en pot, posée sur le tissu, avait mal vécu l'absence de sa propriétaire. Sur la droite se trouvaient des plumes élégantes, ainsi qu'un porte-encens. En bas trônaient de magnifiques bougies des mêmes couleurs que le drap. Pour finir, sur la gauche, un calice contenait de l'eau. Jeanne avait du mal à comprendre à quoi tous ces éléments servaient. Plus elle plongeait dans l'exploration de cette pièce, moins elle en saisissait son contenu.

Son attention se dirigea alors vers un autre pan de mur contre lequel un secrétaire était installé, recouvert d'un gros volume ouvert. Elle s'approcha et essaya de lire quelques pages, mais elle n'en comprit pas un seul mot. Elle n'avait jamais vu un alphabet pareil, oscillant entre l'hébreu et l'arabe. Les lettres courbées et élancées comportaient des points et des barres à des endroits surprenants. Quelle était cette langue mystérieuse? Autour du texte, elle put observer de belles enluminures.

À côté du secrétaire se trouvait une armoire vitrée. Elle distingua de bien de curieux objets, comme une collection de pierres semi-précieuses, de nombreux jeux de tarot ou oracles, un petit chaudron en cuivre, une multitude de bougies de toutes les couleurs de l'arc-en-ciel, des plantes séchées, des pots ou bouteilles avec des contenus non identifiables. Jeanne restait complètement pantoise face à tout cela. Où était-elle tombée?

Elle n'était pas naïve, mais elle ne s'autorisait pas à penser ou exprimer ce qu'il lui traversait l'esprit à ce moment donné. Car comment réagir à cela? Une partie de son être se référant aux codes de la société, lui poussait à crier à l'étrange, à l'arnaque, à la bêtise, au monstre. La deuxième partie, au contraire, lui hurlait d'autres songes, comme la connexion, la destinée, le savoir.

Marthe serait donc... une sorcière?

Le grimoire de la vieille dame contre sa poitrine, Jeanne se précipita dans les escaliers. Depuis le salon, Marthe entendit la jeune fille descendre. Elle faisait un tel vacarme, portée par son excitation. Quand elle vit la brune débarquer dans l'encadrement, les cheveux en bataille, le souffle court et les yeux écarquillés, elle savait que c'était le moment. Celui qu'elle avait attendu depuis le jour d'arrivée de Jeanne.

Marthe lui offrit un sourire rassurant et indiqua la place à côté d'elle dans le canapé. La jeune fille s'y installa, le cœur battant à toute allure.

«Dis-le. Pose-moi la question qui te brûle les lèvres.

— Mais... J'ai peur de dire des bêtises ou d'être vexante.

— Il n'y a pas de question stupide. Et je suis bien assez vieille pour encaisser. Parle, je t'en prie, l'incita l'octogénaire.

— Vous... Vous êtes une sorcière?

— Si je te disais oui, me croirais-tu?

— Je pense que la pièce et le grimoire sont parlants. Mais c'est fou. Cela n'existe pourtant pas, si? questionna la jeune fille toujours perturbée par sa découverte.

— À toi de voir si tu veux y croire ou non.

— Mais, vous ne pouvez quand même pas voler ou alors lancer des sorts ?

— Voler, à part en avion ou en paravoile, cela me paraît bien compliqué, rigola Marthe. Pour ce qui est des sorts, c'est l'une des pratiques les plus courantes en sorcellerie, même si on peut s'en passer.

— Mais… mais vous ne pouvez pas transformer un objet ou un être vivant, si ?

— C'est bien trop vague comme question. Car je pourrais très bien changer les énergies.

Jeanne, les bras ballants, toujours assise sur le canapé, ne savait pas comment réagir. C'était beaucoup à encaisser. Elle n'arrivait pas à savoir si elle voulait y croire, surtout après tant d'années à se dire que ce genre de choses étaient fausses. Bien sûr, elle avait déjà eu des expériences étranges, des ressentis, des doutes, mais on lui avait souvent rétorqué que c'était son imagination d'enfant qui parlait.

— Wow. Je… je ne sais pas quoi dire… C'est fou…

— C'est beaucoup en même temps, cela remet en cause ton monde. Que dirais-tu de te reposer pour le reste de la journée ? On en parlera plus tard si tu veux bien, et si tu veux toujours rester ici.

Jeanne dévisagea son employeuse avec de gros yeux.

— Pourquoi voudrais-je partir ?!

— Tu ne serais pas la première. Ce monde n'est pas fait pour tous, expliqua tristement l'octogénaire.

— Cela va peut-être paraître prétentieux, mais je ne suis pas tout le monde Marthe. Je ne vais pas partir pour si peu, même si cette information bouleverse la totalité de mes croyances.

— Très bien. Alors à ce soir ?

— À ce soir Madame Petit. »

Marthe claqua sa langue sur son palais. Le visage de Jeanne se dérida, alors son employeuse sourit à son tour, elle comprenait que le vouvoiement ne resterait plus longtemps. La jeune fille se jouait d'elle. Elle caressa son obsidienne et partit de la pièce.

Jeanne ne savait pas quoi faire maintenant. En temps normal, elle aurait continué son travail, avançant dans le tri et le ménage de la demeure de Marthe. Devait-elle appeler Malo? Ou Louise? Elle n'avait malheureusement pas son numéro.

Elle avait besoin de se confier à propos de tout cela. Est-ce que Malo comprendrait? Elle espérait. Jeanne n'avait pas envie de perdre les amis qu'elle venait à peine de se faire.

Il répondit au bout de la deuxième sonnerie seulement. Très enjoué, il lui proposa de se retrouver sur la place du village et d'aller se balader en forêt à l'abri de la lumière et la chaleur ambiante. Jeanne accepta, soulagée. Elle allait enfin pouvoir se confier.

«Attends, t'es en train de me dire que Marthe est une sorcière? demanda Malo ironiquement.

— Pourquoi tu n'es pas surpris?

— Car tout le monde à Luménirec est au courant.

— Comment ça? Et les gens le prennent bien?

— Bah oui. À une époque, tout le village allait la voir régulièrement. Mais elle a décidé d'arrêter il y a quelques années... juste après la mort d'Elin à vrai dire.

Jeanne en resta estomaquée. Décidément, ce serait la journée. Elle ne se faisait pas à toutes ces révélations.

— Et les Johansson? questionna la jeune fille ayant de gros doutes aussi sur Louise.

— Eux aussi sont des sorcières.

— Mais alors pourquoi les gens les rejettent s'ils sont aussi bienveillants avec Marthe?

— Leurs pratiques sont très différentes, révéla Malo.

— C'est-à-dire?

— L'une est plutôt blanche, bienveillante, positive et l'autre plus sombre, plus controversée, subjective...

Jeanne ne savait pas quoi en penser. Est-ce que cela voulait dire que les Johansson faisaient du mal aux gens? Elle ne voulait pas y croire. Surtout Louise... Se serait-elle trompée à propos de son compte? Après tout, elle ne la connaissait pas bien. L'anxiété revint au galop, ses mains tremblaient de toute part. Celle de Malo se posa sur l'une des siennes. Elle sursauta, ne s'attendant pas à ce geste. Le jeune homme la regarda avec toute la bienveillance du monde à travers ses yeux d'un bleu céleste.

— J'ai l'impression de voir ce qui te tracasse. Je ne suis pas proche de Louise, mais sa famille et elle ont toujours été généreuses et chaleureuses. C'est juste que leurs pratiques diffèrent. Mais je pense qu'elle serait plus à même de répondre à tes questions.

La phrase de Malo lui permit de se canaliser rien qu'un tout petit peu. L'odeur des sapins et autres arbres abritant la région détendit un peu la jeune fille. Elle essaya de raccrocher à la nature qui l'entourait.

— Merci.

— N'hésite pas. Je suis là pour toi, appelle-moi quand tu veux. C'est fait pour ça les amis, assura Malo.

Il avait le sourire aux lèvres.

— Malo?

— Hum?

— Je voulais aussi te demander pardon.

— Pour quoi? la questionna-t-il les sourcils froncés.

— J'avais pas bien pris en compte de ce qu'aurait pu engendrer ton coming out. Alors oui, tout s'est bien passé au final, et je trouve que cela vous a encore plus rapproché. Mais je crois que j'étais jalouse, que tu aies encore la possibilité de lui dire, alors que moi non. Oui, j'ai... perdu mes parents.

Le dire était toujours aussi difficile pour Jeanne.

— Mais cela ne devrait pas être une excuse. Cela ne justifie pas tout. Certes, c'est à prendre en compte. Mais je n'avais pas à te pousser à quoi que ce que ce soit. C'est ta vie, pas la mienne. D'autant plus que je ne vous connaissais pas du tout, toi et ton père.

Le garçon sourit, laissant apparaître ses dents.

— Je suis content que tu dises ça. J'avais vraiment envie que tu te rendes compte de la gravité de tes actes. Aujourd'hui, je t'ai pardonné, c'est passé. Surtout que comme tu dis, je suis encore plus proche de mon papa depuis. Mais merci de t'être excusée. Je les accepte avec plaisir.»

Cette vision et ces mots réchauffèrent le cœur de la brune. Elle était émue par la tendresse du jeune homme.

Malgré toutes ces révélations, Jeanne se sentait bien. Une petite voix au fond d'elle lui disait d'avoir confiance en l'avenir, car le destin fait bien les choses.

Chapitre 16

Jeanne s'assit sur une chaise de la terrasse du porche avant. Cette dernière avait été entièrement nettoyée au kärcher et repeinte. De son blanc lumineux, elle apportait douceur et unité. Jeanne et Marthe avaient installé sur la table de jardin en bois de la même couleur des lanternes ainsi que des décorations prises dans la forêt. Le manteau de la nuit avait recouvert les montagnes et la vallée environnante. Il faisait bon, la chaleur s'étant envolée. Habituellement, elle et l'octogénaire auraient été couchées, mais elles avaient besoin de parler, d'avoir cette conversation. Surtout maintenant que Jeanne avait plus ou moins digéré l'information que Marthe était une sorcière.

Cela n'avait pas été facile au départ, bien que sa discussion avec Malo l'ait aidé. Elle avait réfléchi les heures qui avaient suivi en marchant dans tout Luménirec son casque sur les oreilles. Le fait de savoir son grand frère près d'elle l'avait rassurée. Il l'avait toujours aidée à prendre les décisions les plus difficiles dans sa vie. Au début il aurait pouffé, étant très terre à terre, il ne croyait pas à toutes ces choses-là, puis il aurait rétorqué que si elle s'embarquait là-dedans et que cela ne faisait de mal à personne, il ne verrait pas le souci. Un sourire apparut sur son visage. Depuis son arrivée à Luménirec, des souvenirs réapparaissaient, lui montrant son attrait pour l'ésotérisme. Ce monde l'avait toujours appelé d'une certaine manière, elle l'avait juste ignoré ces dernières années, se persuadant que c'était des foutaises, des contes, du charlatanisme. Jeanne devait être honnête avec elle-même.

Marthe la rejoignit deux tasses fumantes à la main, elle s'installa à côté d'elle. Même si Jeanne était moins perturbée et stressée que lors de sa découverte, l'aura reposante de la vieille dame finit de la calmer totalement.

« J'ai pensé qu'on aurait besoin toutes les deux de remontant, sourit tendrement Marthe.

Voyant l'air intrigué de la jeune fille, elle lui expliqua joyeusement sa décoction.

— C'est une tisane que j'ai faite infuser avec des herbes aux vertus apaisantes comme la verveine, la camomille, la mélisse, la lavande et le tilleul.

Jeanne buvait les paroles de Marthe. Cela lui rappelait les connaissances que lui avait transmises sa maman lors de son enfance. Dans le jardin familial, elle s'était toujours sentie en sécurité, comme apaisée. Était-ce les énergies des plantes? Elle avait tant à apprendre.

— Merci Marthe.

Le silence s'installa, mais ce n'était pas dérangeant, au contraire. Pourtant il faudrait bien qu'elles parlent. Marthe finit par briser le calme au bout de plusieurs minutes à siroter leurs eaux chaudes.

— Comment te sens-tu après cette journée?

— Toujours un peu perdue, mais je commence à me faire à cette idée. En fait, j'ai toujours voulu croire que ça existait, mais vu le fantasme que c'est dans la pop culture, avec les années en grandissant, je suis devenue plus... terre à terre, je crois?

— Et c'est tout à fait normal.

— Mais qu'êtes-vous réellement?

— Je suis wiccane, avoua-t-elle. C'est une religion néopagane très récente, elle a été créée au XXe siècle par Gerald Garner. Il avait puisé son savoir de différents coven s'étant plus ou moins ouvert à lui. [1] Cela regroupe différents courants de pensées, pratiques, cultures et mythologie. Notre credo est "Si nul n'est lésé, fais ce que tu veux".

— Des coven?

---

1 coven : vient du mot du vieux français covent désignant un couvent. C'est une maison portant un courant spirituel d'hommes ou de femmes ou encore mixte.

— Pardon. Je m'enflamme, pouffa la vieille dame. Ce sont des regroupements d'hommes, de femmes ou mixtes, qui partagent la même religion ou les mêmes pratiques, cela peut aller du chamanisme au druidisme.

— Et pourquoi la wi... wicca?

— J'aime les valeurs qu'elle a comme le principe de tolérance et de respect envers la Nature et les autres. Par exemple, nous, wiccans, croyons en ce que tu appellerais le karma que je nomme la loi du Triple Retour. C'est-à-dire, tout ce que l'on fait nous sera rendu trois fois, peu importe que cela soit positif ou négatif.

— Qui vous a appris? la questionna Jeanne.

— C'est ma mère et ma grand-mère.

— Louise aussi?

— Tu sais pour les Johansson? demanda l'octogénaire non surprise par sa question.

— Malo m'en a parlé. Puis... j'avais des doutes ayant assisté à une scène particulière lors de ma promenade nocturne en forêt.

— Celle où tu n'étais plus la même ensuite?

Jeanne piqua un fard à ses propos. Avait-elle autant changé après cet incident? Elle n'en avait pas l'impression. Elle avait continué d'être faible, de faire des crises d'angoisses, de se détester, surtout ses cuisses et ses bras.

Semblant saisir le trouble qui se déroulait en elle, Marthe posa sa main sur celle de Jeanne. la vieille dame la couvait d'un regard bienveillant et rempli d'amour.

— Oui, celle-ci, finit par se confier Jeanne.

— Raconte-moi. Enfin, seulement si tu le désires.

Alors Jeanne lui conta toute la scène mystique à laquelle elle avait assisté. Elle lui raconta comment Louise et elle s'étaient légèrement rapprochées. Elle lui expliqua l'attraction qu'elle exerçait sur elle. Elle lui divulgua tout sur la belle rousse qui occupait de plus en plus ses pensées.

— Tu as assisté à une célébration de *Midsommar*, c'est l'équivalent de la Saint-Jean en Suède.

La jeune fille pencha la tête intriguée par les propos de Marthe. Elle voulait en savoir plus.

— C'est la célébration du solstice d'été. Traditionnellement, le *Midsommar* se fête en famille et le plus souvent à la campagne. On plante un mât dans son jardin ou dans la ville. Celui-ci est décoré de couronnes de fleurs blanches, bleues, jaunes et violettes, et de branches de bouleau. Plus récemment les personnes commémorant la Saint-Jean portent aussi des couronnes de ces mêmes fleurs. À cette époque de l'année, il ne fait même plus sombre, alors les personnes honorant cette fête danse toute la nuit jusqu'au petit matin béni et baigné de la lumière sacrée du soleil.

Jeanne resta sans voix. Tout ce que lui avait expliqué l'octogénaire l'attirait. Elle le sentait jusqu'au fond de son être. Ce monde l'appelait, elle en avait toujours fait partie sans l'avoir côtoyé ou en avoir reçu les enseignements.

— Pourrais-je un jour faire ce genre de rituel?

— Bien sûr. Enfin ça dépendra de ta pratique, ce vers quoi tu veux te pencher. Si tu le souhaites, je t'apprendrais tout ce que je sais.

Les yeux de la jeune fille se remplirent d'étoiles. Elle n'arrivait pas vraiment à réaliser ce qui était en train de se passer. Elle avait juste envie de se laisser porter par le courant de la vie.

— J'ai l'impression de rêver...» lâcha Jeanne.

Marthe sourit, attendrie face à l'émotion qui traversait son employée. Non, la brune était bien plus que ça. Elle était une amie, l'avenir, son apprentie, sa descendance, la famille qu'elle n'avait jamais eue.

Chapitre 17

Pourquoi était-elle dans ces bois à une heure si tardive? Le soleil avait déjà disparu. Elle avait du mal à distinguer où elle était, mais elle voulait absolument trouver la maison de Louise. Les clients du cabinet des Johansson y allaient sans difficulté, ils avaient l'habitude, mais surtout, ils ne s'y rendaient pas de nuit. Cela ne devait pas être si compliqué, alors pourquoi ne la trouvait-elle pas? Était-ce à cause de sa vue troublée? Ou bien de l'obscurité qui s'installait dans les bois de Luménirec? Ou encore le fait qu'elle ne savait pas par où passer pour rejoindre la maison des Johansson?

La jeune fille voulait parler à Louise, devait parler à Louise. C'était viscéral, un besoin inexplicable et tout à fait logique. Jeanne avait besoin de savoir. Ne trouvant toujours pas son chemin, l'heure tournait, le stress de la brune était à son paroxysme. Comment allait-elle faire? Elle ne voulait pas rentrer. Non, elle avait besoin de réponses. Certes, les explications de Marthe l'avaient apaisé un moment. Pourtant, cela n'avait pas suffi. Savoir qu'elle était une sorcière d'après les autres était une chose, mais l'apprendre de sa popre bouche en était une autre. Elle aurait préféré que Louise lui révèle sa nature, lui explique qui elle était vraiment.

Son pied buta contre une branche, elle tomba à la renverse, son jean s'accrocha à des ronces arrachant le tissu. Ses genoux avaient tapé contre les cailloux à moitié enfouis dans la terre écorchant sa peau. Le sang imbiba la fibre. Respirer, il fallait qu'elle inspire. Tout irait bien. Pourtant, elle gémit et fondit en larmes de frustration. Cette odeur métallique, cette couleur, tout la ramenait à ce jour. Même si ce monde nouveau la faisait rêver, elle avait besoin de savoir qui était Louise. Elle voulait démêler, le vrai du faux, calmer ses angoisses si vite revenues.

«Qu'est-ce que tu fais là à pleurer toute seule?

— Oh, Louise...

Les sanglots de Jeanne reprirent encore plus fortement. Elle était soulagée.

— Tu es là. Tu es là, répéta-t-elle.

— Oui, je suis là. Tu me cherchais?

— Oui, j'avais besoin de te parler.

— Dis-moi, je t'écoute, mais avant je vais t'aider.

Elle tendit sa main à la brune pour la relever. Elles époussetèrent les vêtements de Jeanne, et s'assirent plus loin sur une grosse souche. L'ambiance en l'espace de quelques minutes avait changé. Bien sûr, Jeanne appréhendait toujours leur future conversation, mais avec moins de crainte. L'aura de Louise l'avait enveloppée d'une douce chaleur réconfortante.

— Hier j'ai trouvé le grimoire de Marthe. Je sais que c'est une sorcière et que vous aussi, livra la brune.

— Ah...

Jeanne n'arrivait pas à déchiffrer les émotions de Louise à cet instant. Elle agrippa nerveusement son jean de façon. Elle n'osait pas croiser le regard vert amazonien de la jeune femme. Heureusement que son casque était autour de son cou.

— Ça tombe bien, car je ne me voyais pas continuer cette relation avec toi sans être honnête.

La jeune fille releva alors la tête, les yeux remplis d'espoir et le cœur tambourinant dans sa poitrine.

— Je suis une *völva*, une sorcière ou voyante selon les interprétations. C'est mon père qui était *seidmenn* qui m'a appris, ainsi que mes grands-parents. Je viens d'une vieille lignée suédoise de sorcières. Ma culture et mes origines sont intrinsèquement liées aux Vikings et à leur magie, le *seidr*. C'est bien éloigné de ce que fait Marthe, même si nous avons des points en commun dans nos pratiques, expliqua-t-elle.

Cela faisait beaucoup à encaisser, pourtant, Jeanne buvait ses paroles. Elle n'en revenait pas. L'histoire de Louise était fascinante. Voyant que la rousse faisait une brève pause, la jeune fille l'incita à continuer.

— Je sais que ça fait beaucoup d'informations, que ça peut remettre en cause ton monde. Même si Marthe a dû déjà t'expliquer certaines choses, j'espère... Et il serait tout à fait normal que tu rejettes ces idées. Les gens ont oublié ce savoir, ce respect, se concentrant seulement sur la science et non sur l'alliance des deux. Alors avant de continuer la relation qui nous lie, je veux être sûr que tu saches qui je suis vraiment et que cela ne te gêne pas. Je n'ai pas besoin de personnes qui ne seront que de passage.

Les paroles de Louise blessèrent Jeanne. Oui, cela craquela un peu plus son cœur déjà bien malmené par la vie. Elle était effrayée face à la possibilité du rejet, de l'abandon. Depuis l'accident elle avait peur en permanence de perdre les gens qui comptaient pour elle. Alors elle? Jeanne, s'enfuir, partir? C'était très ironique. Et pourtant, la brune devrait quitter Luménirec.

— Mais je vais partir après cet été? questionna-t-elle avec de l'inquiétude dans la voix.

— En es-tu vraiment sûre? N'as-tu pas envie d'enfin vivre ta vie et aller au-delà de la souffrance?

Les mots de la rousse étaient criants d'une vérité que la jeune fille n'était pas encore totalement prête à entendre. Son cœur se serra. Voyant le trouble de Jeanne, l'aînée la rassura.

— Je ne voulais pas t'acculer. Ce n'est pas un choix facile, surtout quand une souffrance nous accable. Sache que mes paroles n'étaient pas là pour te faire culpabiliser de quoi que ce soit. Au contraire, j'aimerais t'ouvrir mon cœur, te raconter mon histoire. J'ai juste moi aussi des peurs et des doutes. Je commence à m'attacher à toi, et pas qu'un peu. J'aimerais éviter le massacre avant qu'il ne soit trop tard, surtout si tu venais à rejeter le monde dont je fais partie.

Jeanne se grattait les bras nerveusement. Elle sentait leur aspect granuleux qui la dégoûtait. Néanmoins, elle souriait.

— Je vois. Cela me rassure de voir que toi aussi tu t'attaches beaucoup. Sache que non, cela ne me fait pas peur ou ne me repousse pas. Au contraire, j'ai, comme un sentiment, une connexion particulière depuis toute petite. Je me demande si tout cela n'est pas lié, en fin de compte. Je veux connaître ce monde que toi et Marthe partagez, même si vos pratiques sont différentes. Je veux apprendre, et surtout... je n'ai pas envie que tout s'arrête entre nous.»

Dans les yeux émeraude de Louise, Jeanne vit une émotion particulière s'y installer. Elle espérait que c'était l'amour qu'elle lui portait. Elle souhaitait enfin avoir la possibilité de s'attacher à quelqu'un. Elle désirait avoir une relation avec Louise. Non pas pour combler un manque ou un vide, mais parce que plus elle connaissait la belle rousse, plus elle aimait la personne qu'elle était.

Mais plus que tout elle voulait vivre.

Elles continuèrent cette conversation pendant des heures, seules dans les bois, avec ce sentiment d'être en sécurité, rassurées par la seule présence de l'autre. Les deux femmes ne voulaient pas encore rentrer chez elles ; rester ici et se confier, s'écouter et se découvrir était bien plus stimulant que leur lit à cet instant. Leur seule compagnie fut le manteau de la nuit et les astres.

C'est là, sous le ciel étoilé, qu'elles se livrèrent sur leur moi profond.

Chapitre 18

Depuis quelques jours, chaque après-midi, Jeanne travaillait dans le jardin, sauf quand la chaleur était insupportable, comme aujourd'hui. Cependant, cela n'arrêtait pas la jeune fille. Elle allait quand même désherber, tondre, et faire plein d'autres activités, qui sait, permettraient au jardin de retrouver sa beauté d'antan?

Marthe, la voyant franchir le corridor, bien équipée, un chapeau de paille sur la tête l'arrêta.

«Tu ne vas pas sortir par ce temps, si?

— Il faut bien que j'avance…

— Tu reprendras un autre jour.

— D'accord, se résigna étrangement la jeune fille.

— Quelque chose ne va pas Jeanne?

La brune réfléchit longuement à ce qu'elle allait dire à sa nouvelle amie. Puis le moment venu elle lâcha tout d'une traite ce qu'elle avait sur le cœur.

— Je suis tiraillée. En premier lieu, je veux avancer, mais j'ai peur. Peur d'être inutile, de ne trouver ni de but ni mon rôle dans ce monde. Alors je veux m'occuper l'esprit pour faire taire cette voix qui me répète que je ne suis pas assez bien, que je ne mérite pas le bonheur et que je n'aurais jamais ma place sur Terre.

Marthe lui laissa l'espace dont elle avait besoin pour s'exprimer, sans la couper dans son monologue.

— Dans un second temps, je ne veux pas aller trop vite. Si je finis tout avant la date fatidique, ce sera autant un accomplissement qu'une défaite. Car j'aurais l'impression de vous… te perdre, déglutit-elle difficilement. Puisque je sais qu'une partie de moi se sentira coupable de rester alors que tout est terminé, surtout si je m'installe ici en septembre... J'aurais l'impression de profiter de v... de toi. Le pire, c'est que j'aimerais vraiment me dire que j'ai ma place ici, à Luménirec, que j'ai le droit de rester, et le droit... le droit de.... de....

Elle chercha ses mots.

— Le droit d'être heureuse? lui sourit Marthe.

Ses plis au coin des yeux et ses rides dans ses pommettes ressortirent.

— Oui, c'est cela, souffla Jeanne, surprise. Comment?

— Je suis aussi passée par là plus jeune. Et je t'assure que tu as ta place ici sur Terre, que ce soit à Luménirec ou autre part. En tout cas, tu auras toujours ta place auprès de moi. Nous sommes amies. Alors voilà ce que je te propose. Puisque nous ne sommes plus simplement une employeuse et son employée, dès septembre, tu peux me payer un loyer, d'une somme raisonnable. Tu pourras rester sans que ça te gêne de ne plus t'occuper de la maison.

Jeanne hocha la tête plutôt convaincue par cette proposition. La jeune fille avait encore besoin de temps pour peser le pour et le contre.

— Je vais y réfléchir.

En disant ces mots, Jeanne avait déjà pris une décision. Mais elle préféra se mentir à elle-même. Elle ne voulait pas se hâter, malgré le hurlement de son cœur.

— Prends tout le temps qu'il te faudra, lui sourit Marthe. Allez, lâche ça. Va plutôt au lac avec Malo, Aela et Louise, dit-elle en plissant les yeux, surtout au moment de prononcer le nom de la rousse. Ou bien allez à la mer.

— Le lac?

— Oui, il y a un lac pas trop trop loin d'ici. Enfin, c'est plus un étang qu'un lac vu la superficie, gloussa la vieille dame. C'est plus facile d'accès en voiture. Après vous pouvez y aller en bus, mais il faudra marcher une bonne heure ensuite.

La brune resta statique. Elle était en pleine réflexion, dans un mutisme total. Elle resserra son poing, puis plongea son regard décidé dans celui de Marthe.

— Je veux essayer. Je veux aller mieux. Je veux y aller en voiture, sortit-elle tout d'un coup, en un souffle. Au pire, si cela ne va pas, je prends le bus pour le reste du trajet ou au retour. Mais je veux essayer. Mieux, je vais le faire.»

Marthe regarda d'abord Jeanne étonnée, puis reprit son sourire, elle couvait d'amour la jeune fille. Elle était fière de son parcours. Chaque jour elle avançait, même si elle ne le remarquait pas, la brune ouvrait petit à petit ses pétales se dévoilant à la vue de tout le monde sous ce ciel parfois étoilé.

Le bruit de la ferraille et les vibrations du véhicule résonnaient dans le crâne de Jeanne. À chaque virage elle fermait les yeux et serrait un peu plus ses poings, ses ongles s'enfonçant dans ses paumes. La main de Louise sur sa cuisse se voulait rassurante. Malo, étant l'un des seuls à avoir le permis, conduisait. Il avait emprunté le pick-up pour la journée à son père. Aela était assise avec lui à l'avant. Leurs affaires de bain dans le coffre faisaient un boucan monstre à chaque dos d'âne et nid de poule. Le tout faisait monter en pression l'angoisse de Jeanne. Mais elle voulait réussir.

«Tu veux qu'on s'arrête sur le bas-côté? On pourrait rattraper le bus ou continuer à pied, proposa Malo.

Jeanne murmura quelque chose d'incompréhensible. Louise raffermit sa prise, essayant d'apaiser la jeune fille.

— Jeanne?

— Non, chuchota-t-elle, de sorte que seule la rousse l'ait entendu. Non! Je veux continuer jusqu'au bout, répéta-t-elle plus fort.

Aela lança à Louise un objet que Malo lui avait désigné. C'était la petite fiole de la dernière fois, un roll on aux bienfaits apaisants et calmants. La jeune femme en appliqua sur chaque poignet de la brune à laquelle elle s'attachait de plus en plus. Elle souhaitait l'aider, lui montrer la voie, être un soutien dans sa guérison. Mais elle avait peur d'être un frein pour elle, que Jeanne crée une dépendance affective, qu'elle ne pense être heureuse qu'avec Louise. Néanmoins, elle écouta son cœur sans crainte du jugement de Malo et Aela.

— Répète après moi, ordonna la rousse. J'oublie le désagrément et me rattache au moment présent. J'éclaire l'obscurité, maintenant que je suis en sécurité. Je me raccroche à la présence réconfortante de mes proches. En surpassant cette déchirure, je me réconforte d'être si forte.

La brune plongea dans le regard émeraude de Louise et se concentra sur ses mots.

— J'oublie le désagrément et me rattache au moment présent. J'éclaire l'obscurité maintenant que je suis en sécurité. Je me raccroche à la présence réconfortante de mes proches. En surpassant cette déchirure, je me réconforte d'être si forte.

— Encore, lui sourit la rousse.

— J'oublie le désagrément et me rattache au moment présent. J'éclaire l'obscurité maintenant que je suis en sécurité. Je me raccroche à la présence réconfortante de mes proches. En surpassant cette déchirure, je me réconforte d'être si forte.

Alors que Jeanne retrouvait enfin une respiration normale, et Malo lui annonça qu'ils étaient arrivés. Perturbée, la jeune fille ne s'était pas rendu compte que la voiture des Guillou était à l'arrêt. La brune regarda de chaque côté, analysant le paysage, puis elle s'observa sous toutes les coutures. Elle était en vie. Elle posa son regard sur les personnes l'entourant : Louise, Aela et puis Malo. Eux aussi avaient l'air en bonne santé. L'odeur d'humidité de l'étang avait pénétré dans l'habitacle, remplaçant les effluves métalliques du sang qui ne la quittait plus depuis l'accident. Elle entendait les oiseaux chanter gaiement et non le bruit strident des gyrophares. Jeanne soupira de soulagement.

— Je veux sortir. »

Une fois dehors, elle s'écarta à de nombreux mètres de la carrosserie. Décidément, elle n'a eu que de mauvaises expériences avec ce véhicule. Très vite, ses amis la rejoignirent. Ils avaient sorti les affaires du coffre et verrouillé la voiture. Jeanne, enfin les pieds sur la terre ferme, revivait. Mais elle n'arrêtait pas de ruminer : la scène de sa crise repassait en boucle dans sa tête. Comment allaient-ils faire pour le retour ? Allait-elle être un poids le reste de sa vie ? Ne guérirait-elle jamais ?

La main de Louise se posa sur son bras à demi-dénudé. Le contact frais des doigts de la rousse fit frissonner Jeanne. Reprenant conscience une nouvelle fois de son environnement, elle vit Aela la regarder avec bienveillance et inquiétude. Malo avait aussi remarqué quelque chose, mais il ouvrait la marche et racontait une blague d'une voix forte. Il voulait sûrement détendre l'atmosphère à sa façon et ne pas laisser penser que Jeanne faisait de la peine. Il savait comme cela pouvait être dur après une crise d'angoisse d'avoir l'attention portée sur soi. Il suffisait d'un peu de réconfort et d'amour.

Après avoir marché quelques minutes à travers la forêt, ils débouchèrent sur une clairière avec en son centre un grand étang. De multiples saules pleureurs, chênes, noisetiers et cornouillers entouraient l'endroit. Quelques souches, troncs et rochers couverts de mousse parsemaient la plaine. Des joncs et roseaux bordaient l'étang tapissé de nénuphars et de renoncules. Les libellules s'amusaient à voler au-dessus de la surface, telles des fées. Sur les flancs de la clairière, de nombreux arbustes fleuris se faisaient butiner par des papillons, des abeilles, ou encore des bourdons.

Le coin était désert. Cela apaisa d'autant plus Jeanne. Elle n'était déjà pas totalement à l'aise d'aller se baigner avec ses amis, alors avec des inconnus, cela aurait été pire. Néanmoins, elle avait pris ses précautions, emportant avec elle un short de bain long cachant ses cuisses. Malheureusement, ses bras allaient être découverts, Jeanne avait dû, se contenter d'un maillot de bain qui ne pouvait couvrir que l'entièreté de sa poitrine et ses jambes. Cependant, c'était le plus important, montrer ses bras lui était supportable.

Malo s'était déjà changé, envoyant valser son t-shirt un peu plus loin. Aela quant à elle prenait plus son temps, ne souhaitant pas salir sa robe en dentelle. Sous celle-ci, elle revêtait un joli deux-pièces aux couleurs de Sailor Moon avec des petits nœuds adorables. Cela lui ressemblait bien. Jeanne retrouva petit à petit son sourire. Même si un poids en elle était tout de même présent, rendant son corps si difficile à porter, elle devait et voulait profiter. Pourtant la voix en elle ne se taisait pas. Elle avait échoué. Elle allait toujours mal, très mal. Finalement, la reconstruction n'était pas aussi proche qu'elle ne l'aurait pensé. Elle savait que rien n'était facile. Elle n'avait véritablement accepté de vouloir avancer et aller mieux que depuis un an tout au plus. Sa psychologue l'avait beaucoup aidé lors de sa thérapie, mais elle lui avait bien dit qu'aujourd'hui, c'était à elle de faire une partie du chemin. Jeanne savait que cela ne se réaliserait pas en un claquement de doigts, bien entendu, elle avait conscience de tout ça. Mais parfois, elle doutait que Luménirec soit son salut.

«Tu viens?» demanda Louise, tout en lui lançant un sourire rassurant.

Elle lui tendit aussi sa main, voulant l'accompagner jusqu'au lac, où Aela essayait d'éviter les éclaboussures de Malo. La vue des deux meilleurs amis se chamaillant réchauffa le cœur de Jeanne. Et si elle envoyait se faire foutre cette voix rien qu'un après-midi?

La brune saisit alors la paume de Louise et entremêla leurs doigts ayant repris du poil de la bête. Elle ne se laisserait pas faire. La route serait sûrement encore longue, mais aujourd'hui, elle n'était plus seule.

Chapitre 19

« Je ne comprends pas, se plaignit-elle pour la dixième fois.

Jeanne poussa un long soupir, et laissa tomber le haut de son corps sur la table.

— Rien n'est facile Jeanne. Tout est effort et discipline. Il y a beaucoup à apprendre si tu ne veux pas blesser les autres ou toi-même à l'avenir, expliqua calmement Marthe.

La jeune fille repensa à son ancienne passion, le dessin. Même quand quelque chose vous anime, il faut s'obliger à sortir son carnet, ses crayons, ses feutres à alcool, sa peinture, ses liners. Et même devant la feuille toujours vierge, il faut se forcer à poser le premier trait. Se répéter que le croquis n'est pas fini. On ne peut pas juger un gâteau dans le four, s'il n'est pas cuit. Jeanne devait encore mélanger les ingrédients qu'elle avait emmenés, et qu'elle avait en elle.

Cela devait être pareil pour la sorcellerie. Si elle voulait en faire, elle devait débuter par les bases, l'apprentissage, la régularité et surtout la patience. Alors, elle reprit son crayon et nota ce que Marthe lui dictait.

La vieille dame sourit en voyant son élève et amie reprendre du poil de la bête.

— On va commencer par la base des bases : les quatre lois de la sorcellerie, commença-t-elle. Un, savoir : celui qui utilise la magie sans avoir bien étudié, ni sans comprendre ce qu'il fait, risque fort d'échouer. Deux, vouloir : La magie ne vient pas en un claquement de doigts, il faut prendre le temps nécessaire, ta volonté payera et sera abondante. Trois, oser : crois en toi, tu es capable de tout, alors lance-toi ! Tu en apprendras bien plus sur la magie et toi-même en allant au contact de la nature qui t'entoure, en testant qu'en te trouvant des excuses. Quatre, se taire : dévoiler ta magie à ceux qui n'y croient pas ou souhaitent qu'elle échoue peut y nuire. Le secret est souvent la meilleure des protections, et les sorcières doivent choisir avec précaution leur confident. C'est pour cela que j'ai attendu le bon moment avec toi.

La jeune fille s'appliquait, soulignant les lois et les mettant d'une autre couleur que leurs explications. De l'extérieur, voyant son visage si calme, on aurait pu croire qu'elle ne réagissait pas aux derniers propos de Marthe, mais en elle un tourbillon s'était mis en place. Elle l'avait choisie. Marthe avait confiance en elle, sinon elle aurait tu son secret. Elle lui avait ouvert son monde, maintenant c'était à elle de lui prouver sa bonne volonté. Alors, elle s'efforça de bien tout retranscrire dans son carnet et de comprendre les mots de sa professeure.

— Ensuite tu as les douze aspirations de la sorcière : se connaître; savoir son art; apprendre; appliquer son savoir avec sagesse; atteindre l'équilibre; contrôler ses paroles; maîtriser ses pensées; célébrer la vie; s'harmoniser aux cycles de la terre; respirer et manger sainement; exercer le corps; et pour finir, méditer.

— Je me demande comment il est possible de faire tout cela... Cela me semble impossible, s'affola Jeanne.

— Cela vient avec le temps, et ce sont des aspirations. C'est mieux de s'en rapprocher, mais c'est normal de ne pas toutes les atteindre, surtout dans certaines périodes qui nous mettent à l'épreuve. L'important est de garder au mieux une discipline et une volonté de fer.

Jeanne hocha la tête, vraiment concentrée sur la leçon que lui donnait l'octogénaire. Elle voulait plus que tout connaître ce Nouveau Monde qui s'offrait à elle, et qui avait toujours été là sous ses yeux, sans même qu'elle ne s'en aperçoive.

— Maintenant, j'aimerais qu'on commence à voir les correspondances. Cela va nous prendre plusieurs semaines, alors on va commencer par l'amour propre, expliqua-t-elle tout en faisant un clin d'œil.

La jeune fille avait bien compris le message. Il fallait qu'elle s'autorise la reconstruction et l'acceptation de soi.

Jeanne entama donc un tableau avec au-dessus l'intitulé, et dans la marge à côté des colonnes, les différentes catégories qu'allait citer Marthe.

— Pour les couleurs, on a le rose. Il symbolise l'affection, la famille, l'amour et la générosité. Et je pense que le bleu, le mauve, le blanc et le doré pourraient t'être utiles, commença-t-elle. Le bleu lui représente la communication, la concentration, la guérison et la sagesse. Le mauve ou le violet, quant à lui, évoque l'énergie spirituelle, la guérison, la paix et le calme. Le doré, enfin l'or, se corrigea l'octogénaire. Il exprime le soleil, l'énergie masculine, l'abondance, le bonheur, la famille et le succès. Et pour finir, le blanc, c'est la couleur qui peut remplacer toutes les autres, car elle-même, cette couleur a plus d'énergie que toutes les autres. Il désigne la protection, la guérison, l'exorcisme et la paix.

C'était dur de rester concentré. Cela représentait énormément d'informations à assimiler.

— Lorsque tu veux faire un rituel lié à l'amour, les relations humaines, notamment celui qui t'est propre, il vaut mieux le prévoir un vendredi pour Vénus. Elle est la planète dédiée à l'amour en général. Peu importe qui tu décideras de prier, que ce soit des divinités seules, un panthéon particulier, des élémentaires, ou juste l'énergie en elle-même.

La vieille dame sourit en pensant à ce qu'elle allait dire. Elle adorait transmettre, et cela depuis toujours. Elle aurait pu être maîtresse d'école, cela lui aurait beaucoup plu.

— Si tu décides d'utiliser les panthéons qui me parlent le plus, les divinités qui le représentent sont Aphrodite, Vénus, Hathor et Héra.

Marthe marqua une pause avant de reprendre.

— Les signes astrologiques qui sont liés à l'amour de soi sont la Balance et le Taureau. Les éléments l'évoquant aussi, quant à eux, sont la terre et l'eau. Pour les pierres semi-précieuses, je te conseille le quartz rose, c'est la pierre parfaite, d'autres pourraient convenir, mais elles seraient bien moins efficaces.

Quand Jeanne eut fini de tout noter, son amie la félicita pour avoir fait preuve de concentration.

— Je pense qu'avec cela tu es parée pour faire ton premier sort, sourit la professeure.

Jeanne hocha la tête enthousiaste à l'idée d'essayer. Elle avait moins peur grâce aux clefs qu'elle lui avait transmises. La brune était toujours touchée par la confiance que Marthe avait mise en elle. Elle l'avait choisie comme disciple. Cela représentait beaucoup pour elle. Jeanne voulait lui montrer que c'était mutuel.

— Marthe... Maintenant qu'on est devenues amies, même si v... tu connais mon histoire. J'aimerais quand même te la raconter. Car ce n'est pas pareil. J'ai confiance en... toi.

La jeune fille avait toujours du mal avec le tutoiement, mais petit à petit elle prenait l'habitude de s'adresser à Marthe de cette façon.

Les yeux de la vieille dame s'étaient illuminés. Elle était émue par les paroles de Jeanne. Elle avait tant attendu, respectant les limites et besoins de son amie. Aujourd'hui serait le grand jour, celui où la brune lui accorderait sa totale confiance.

— Veux-tu que j'aille nous faire une tisane pour accompagner ce moment?

— J'aimerais dire oui, mais je ne peux pas attendre. J'ai besoin de te le dire, que cela sorte. Tu m'as tant apporté depuis mon arrivée ici et depuis ma découverte de ta pièce de pratique. J'aimerais être honnête et te montrer mon essence entièrement.

Marthe hocha la tête, replaça son foulard, ainsi que son obsidienne sur sa poitrine, puis elle s'installa confortablement dans son fauteuil dans la véranda toute rénovée. Jeanne en fit de même dans sa chaise, posant ses bras à plat sur la table qui leur servait de bureau.

— Je viens d'un milieu modeste, ni trop riche, ni trop pauvre. Mes parents étaient heureux, mon grand frère aussi. Ils avaient une quarantaine d'années. Pour mon frère Maël, c'était sa deuxième année de fac. Il était en musicologie. L'art, c'est quelque chose qu'on a toujours partagé, déglutit-elle. Je m'en rappelle comme si c'était hier. C'était en mars, juste après mon anniversaire. Je venais d'avoir quinze ans. On avait décidé de partir en week-end tous les quatre, profitant du beau temps. On avait même ouvert les vitres de la voiture, il faisait trop chaud. À ce moment-là, jamais je n'aurais pu imaginer que quelques minutes plus tard ma vie ne serait plus jamais pareille.

Marthe regardait Jeanne avec bienveillance et tristesse. Elle ressentait la peine de la jeune fille. Elle n'avait pas pitié. Elle n'avait pas vécu la même chose, mais Marthe avait aussi perdu un être cher, la seule qui ait vraiment compté, son grand amour : Elin.

— Tout s'est passé si vite. En fait, tu n'as pas le temps de comprendre. Le choc est brutal, foudroyant, soudain. Tout ce dont je me souviens, ce sont les hurlements, les gyrophares qui ont mis tant de temps à arriver. C'est si long, quand tu agonises sur le sol, tu ne vois presque plus rien, tu as juste ce bruit de fond, dans tes oreilles, qui crie. L'odeur du sang, je m'en rappelle très bien. Ainsi que la douleur, parfois j'en rêve encore, je la sens dans tout mon corps. Quand je me suis réveillée à l'hôpital et que j'ai compris, ce jour-là, j'ai pensé que j'aurais préféré ne jamais me réveiller. C'est la première fois que j'ai réellement pensé à la mort et au fait de vouloir mourir. Car sans eux, est-ce que la vie en valait vraiment la peine ?

Jeanne avait les larmes aux yeux. Elle avait le droit. Le droit de ressentir cette souffrance. Quand on vit un drame pareil, quelque chose qui nous brise, qui nous détruit, on a le droit de pleurer, que ce soit un mois après, un an après, même trente ans après. On a le droit. Elle avait le droit.

Marthe, émue par le discours de la jeune fille, racla sa gorge avant de prendre la parole. C'était dur de trouver les bons mots et de percer cette bulle de tristesse qui les entourait. Jeanne était tellement précieuse.

— Tout d'abord, je tiens à te remercier de m'avoir confié ton histoire. Tu ne peux pas savoir à quel point cela me touche. Je me doute que ça a dû te coûter de dire tout ça, car tu as revécu l'accident en me le racontant, alors merci Jeanne, commença l'octogénaire. Penses-tu toujours que la vie ne vaut plus la peine maintenant qu'ils sont partis ?

— Non, j'ai conscience qu'ils sont morts, mais je ne dois pas m'arrêter de vivre pour autant, déjà, car ils n'auraient pas voulu ça, et puis cela ne les fera pas revenir… Mais surtout, j'ai envie d'aller mieux, de connaître à nouveau le bonheur.

— Tu m'impressionnes, Jeanne. Tu n'as pas conscience d'à quel point tu es forte. Tu aurais pu tout lâcher, ça aurait été normal, après un drame pareil. Mais tu es là debout, prête à avancer, d'ailleurs tu le fais déjà. Tu as parcouru une grande partie du chemin. Je suis très fière de toi, déclara Marthe avec un amour débordant pour la jeune fille.

— Merci Mada… Marthe de m'avoir accueilli chez vous… toi, d'avoir ouvert ton foyer, ton cœur et tes secrets. Merci pour tout. » s'exclama Jeanne les larmes aux yeux.

Voyant le trouble de son amie, la vieille dame ouvrit les bras, proposant une étreinte à la plus jeune. La brune s'y réfugia avec bonheur. Sa relation avec Marthe était encore naissante, bancale, hésitante. C'était difficile de la percevoir autrement que comme son employeuse. Il faudrait qu'elles la construisent, qu'elles la façonnent, qu'elles lui apportent ce dont elles avaient toutes les deux besoin, sans s'obliger, se forcer. Il n'y avait rien à faire sous la contrainte, même si le vouvoiement était parfois encore là, tout était plus simple. La présence de l'octogénaire apaisait la jeune fille. Elle n'était pas la solution aux maux de Jeanne, mais elle saurait l'épauler une partie de sa vie…

Chapitre 20

Un sort est long à préparer. Il ne faut pas faire n'importe quoi ; surtout il faut attendre le moment adéquat. C'était ce que Jeanne s'était démenée à faire, en reprenant les notes de son carnet, certains livres de Marthe, et des recherches personnelles sur internet. Le but était de trouver sa propre voix, sa magie intérieure, ce qui la faisait vibrer de tout son être. Peut-être que ce serait la wicca comme sa professeure, ou encore la sorcellerie nordique comme Louise, ou bien tout autre chose. Jeanne avait tout son temps. Elle se découvrirait au fur et à mesure de son apprentissage.

Aujourd'hui, en ce vendredi du début du mois d'août, elle était prête. Jeanne avait rassemblé tous les outils et ingrédients qui lui seraient nécessaires : une petite fiole, un bout de quartz, une bougie rose de la même couleur, des éclats de topaze et de rhodonite, des branches de lavande, quelques fleurs de jasmin, des pétales de lys blanc, ainsi que des rubans dorés, bleus et violets.

Marthe lui avait proposé sa pièce de pratique, mais la jeune fille, ayant parfaitement compris que c'était un test, avait gentiment refusé, préférant faire son premier sort dans une pièce moins chargée en émotions, énergies et souvenirs. S'étant habituée à sa chambre, et s'y sentant plus à l'aise, Jeanne avait décidé de le réaliser là-bas.

Tout d'abord, elle purifia l'espace à l'aide des fumigations de branches de romarin séchées nouées ensemble. La chambre devait être totalement neutre. Puis, elle fit brûler de l'encens de patchouli, pour renforcer les relations existantes et raviver les sentiments. Jeanne devait se reconnecter à son essence intérieure comme extérieure. Elle avait besoin de se pardonner, de s'écouter et de s'aimer à nouveau.

Elle répéta ses gestes tout en ouvrant un cercle magique de l'Est au Nord, convoquant chaque tour et chaque gardien des éléments. Jeanne aurait besoin de chacun d'entre eux pour réaliser son sortilège.

Une fois l'espace sain, elle sortit tous ses outils et ingrédients. Elle purifia aussi la fiole grâce au romarin, puis la chargea de l'énergie du patchouli. Alors, elle se concentra, plongeant en transe comme le lui avait appris Marthe. Bien installée, assise sur le tapis de la chambre, elle canalisa son attention sur ses pieds en partant des orteils, puis ses chevilles, ensuite ses mollets. Elle remonta tout le long de son corps, n'oubliant aucune partie. Elle devait laisser passer les pensées, éviter qu'elles s'installent, surtout si Jeanne ne les avait pas invitées. Le tout était de s'ancrer dans le moment présent, sur Terre, mais aussi d'ouvrir son chakra couronne pour aller tutoyer les énergies tout en haut.

Quand elle fut prête, elle mit les grains de lavande dans la fiole tout en pensant aux symboles qu'ils représentaient : le respect, la tendresse, le calme. Elle fit la même chose pour le jasmin et le lys blanc, visualisant la force, l'apaisement, la pureté, la renaissance dans son palais mental. Toutes ces plantes attiraient l'amour, qu'il soit spirituel comme terrestre.

Elle passa aux morceaux de quartz et aux éclats de topaze et rhodonite, invoquant l'amour inconditionnel de soi, la compréhension, le non-jugement, l'empathie et la tolérance. Peu à peu, la fiole se chargea des intentions de la jeune sorcière.

L'égrégore de chaque ingrédient rendait son sort plus puissant. Jeanne avait avec elle des années de croyances, l'aidant à canaliser ses volontés dans ce récipient de verre.

Nouant les rubans le long du flacon, elle récita le sort qu'elle avait préalablement écrit :

« À travers ce réceptacle, je transfère et appelle les forces de la nature. Je prie la douceur et l'amour de l'élémentaire de l'eau. Je l'invite à me rejoindre dans le cercle que j'ai créé. Je l'implore de m'accorder son aide pour que la fiole absorbe toutes les intentions et les énergies que je souhaite mettre dedans. Puisse-t-elle me transmettre tous les bienfaits désirés. »

Jeanne avait fermé les yeux en prononçant ces mots. Elle essayait de visualiser cette nymphe des eaux si mystique. C'était dur, mais la jeune fille ne se laissait pas décourager, faisant tout son possible pour garder la concentration nécessaire, mais surtout la voix en elle, celle qui y avait toujours cru.

Une fois qu'elle eut la certitude qu'elle était bien là. Elle craqua une allumette brûlant le dernier élément, la bougie rose. Elle l'avait préalablement gravée d'un sigil confectionné par Marthe.[1] Quand la cire fut assez chaude, elle en fit goûter sur le dessus de la fiole, recouvrant le bouchon pour empêcher les énergies de sortir.

La cire ayant séché après plusieurs minutes, Jeanne prit une corde qu'elle noua sur le pourtour du flacon, puis l'accrocha à son cou. Elle était parée d'un tout nouveau collier à l'énergie insoupçonnée. La jeune fille se sentait déjà mieux, elle ne savait pas si c'était psychologique, ou si son sortilège faisait déjà effet.

Néanmoins, Jeanne se recentra sur sa tâche principale. Elle devait fermer le cercle magique pour éviter que de mauvaises entités ne se glissent à travers ce portail tout juste ouvert. C'était une erreur de débutant qui pouvait coûter extrêmement cher.

En reprenant sa branche de romarin, elle remercia chaque tour et chaque gardien des éléments, partant du Nord pour finir à l'Est. Elle leur était très reconnaissante.

Bien sûr, Jeanne avait de l'appréhension quant à la fiabilité de son sort, elle manquait encore de confiance. Mais elle devait avoir foi. Douter d'elle-même, de ses capacités en tant que sorcière, ne ferait que saboter le sortilège en. Marthe croyait en elle, la jeune fille devait faire de même. Elle ne l'aurait pas choisi sinon… Elle avait le droit d'exister, de croire en elle, de dire tout haut ce qu'elle pensait. Plus que ça, Jeanne ne devait pas attendre l'approbation des autres, elle était valide, autant en tant que femme que sorcière.

---

[1] sigil : «signe cabalistique» ou sceau est une figure graphique qui représente, en magie, un être ou une intention magique. Le terme provient du latin sigillum qui signifie «signature».

Sentant ces pensées automatiques pénétrer son crâne, un sourire se dessina sur le visage de la brune.

Elle avait réussi.

Chapitre 21

Pour la première fois depuis leur rencontre, Jeanne allait découvrir la maison de Louise. Elle appréhendait un peu, surtout par peur de rencontrer ses parents, même si elle connaissait déjà Owen.

Sortant enfin de la forêt, elle aperçut une énorme bâtisse oblongue, très haute, entourée de champs. Elle s'étalait sur de nombreux mètres, et sa forme lui donnait une allure de bateau renversée. Elle se détachait du paysage par ses nuances sombres. Jeanne se demanda si elle avait été construite avec du bois importé des pays nordiques pour avoir des tons pareils. Elle comportait un étage, ce qui n'était pas courant pour une maison scandinave. C'était Louise qui le lui avait expliqué avant de venir. La brune avait trop peur de paraître ridicule aux yeux des Johansson. La plus âgée lui avait promis de lui apprendre davantage sur la culture et la mythologie de ses origines.

Jeanne leva la tête, admirant les tuiles en ardoise. Sur les rives de la toiture, de grandes figures reptiliennes telles des dragons ou autres serpents des mers étaient sculptées.

«C'est Jörmungand, le fils de Loki.

La remarque de Louise la fit sursauter, Jeanne ne l'avait pas entendue arriver, trop absorbée par sa contemplation de la maison.

— Tu m'as fait peur!

— Désolée, ce n'était pas mon intention.

Jeanne hocha la tête et sourit pour montrer qu'elle ne lui en voulait pas.

— Tu viens, que je te fasse visiter?

— Hum!»

Elles se rapprochèrent encore plus du manoir. Pour une bâtisse nordique, celle-ci était impressionnante.

«Bienvenue à la *skàli* : la maison.»

En passant la porte d'entrée, Jeanne découvrit l'ancienne pièce où se déroulaient les banquets et autres célébrations vikings. On sentait que le manoir avait été rénové, mélangeant modernité et tradition. Au milieu du séjour, en dessous de la grande table à manger, se trouvait un trou. C'était sûrement l'ancien foyer servant à réchauffer les habitants et à cuisiner de bons plats. Sur les murs étaient étendues des tapisseries, ainsi que des boucliers et des épées qui étaient accrochés de part et d'autre. Sur les meubles de bois dans des pots magnifiquement décorés trônaient des fleurs et autres plantes céréalières séchées. Le plafond était parsemé de poutres rendant la pièce chaleureuse. De grandes baies vitrées avaient été encastrées dans les vieux murs de pierres, de bois et de tourbe. Sur le côté, la cuisine moderne tout équipée contrastait avec la décoration rustique. Le tout donnait une harmonie et une ambiance apaisante.

Voyant que les parents de Louise étaient absents, Jeanne sentit ses épaules s'affaisser. Elle n'était plus aussi angoissée qu'avant d'entrer. Il fallait dire que la maison était moins impressionnante que ce qu'elle avait pu croire. Avec le peu de choses qu'elle savait sur Louise, l'imagination et la nature stressée de Jeanne, ainsi que les rumeurs des habitants de Luménirec, qu'elle s'évertuait à ne pas considérer, la brune s'était montée la tête toute seule.

«C'est vous qui avez construit la bâtisse ou bien vous l'avez achetée?

— Elle nous a été transmise par la famille. Ils n'en voulaient pas, trouvant le coin trop paumé...

La jeune fille sentit du jugement et de la rancœur dans les mots de Louise.

— Histoire compliquée? questionna Jeanne.

— C'est un euphémisme, s'esclaffa la rousse. Je te la raconterai peut-être un jour.

La brune hocha la tête. Elle attendrait. Même si elle avait toujours peur que la vie ne lui en laisse pas le temps, elle essayait de ne pas s'inquiéter du futur et de profiter de ces instants à Luménirec.

— Je te fais visiter le reste de la maison?

— Avec plaisir!»

Elles se dirigèrent vers l'arrière de la demeure. Cette dernière avait été coupée en deux avec un couloir qui n'était pas là originellement. Jeanne le constatait à l'aide des souvenirs qu'elle avait de son père, il bossait dans le bâtiment, mais surtout à la démarcation que les Johansson avaient volontairement laissée. Elle put aussi remarquer de multiples interventions postérieures grâce aux divers travaux qu'elle avait effectués chez Marthe.

Elles montèrent à l'étage. Pour s'y rendre, il fallait emprunter un escalier en colimaçon taillé dans le bois. S'avançant dans le corridor, Jeanne ralentit devant les nombreux tableaux et tapisseries exposés sur les murs. Elle y vit des figures de dieux ou de déesses dont elle ne connaissait point les noms.

«C'est Frejya, la déesse de l'amour. C'est une métamorphe. Elle peut prendre l'apparence d'un grand faucon.

La divinité se faisait traîner dans un char par ses deux chats. Elle dégageait tellement de force et de bienveillance sur la tapisserie.

— Et là, tu as Njörd, le dieu de l'abondance, du vent et de l'océan. Quand mon grand-père et mon père vont en mer, ils emmènent toujours une relique le symbolisant.

L'homme sur la peinture semblait puissant, de sa position ressortait un charisme monstre. Ses cheveux volaient au vent, derrière lui la mer se déchaînait.

— Puis forcément Heimdall, le dieu gardien d'Asgard. J'imagine que tu sais qui c'est si tu as vu les Marvel?

— Oui, pouffa Jeanne.

— Mais tu te doutes bien que certaines choses sont fausses, c'est une interprétation des légendes et de la mythologie.»

Elles rigolèrent ensemble. Puis elles continuèrent de s'enfoncer dans le couloir. Louise indiqua la chambre de ses parents, celle de son grand-père, ainsi que la salle de bain. Celle-ci comportait une immense fenêtre avec un rebord carrelé où on pouvait s'asseoir sur des coussins. Il y avait une grande baignoire encastrée contre cette dernière, un évier et des rangements. Mais le plus stupéfiant était le plafond et le haut des murs teintés avec un bleu phtalo profond. Sur ceux-ci, de belles étoiles avaient été peintes partout, créant un ciel étoilé.

«Dans le noir, elles s'illuminent.»

Jeanne resta stupéfaite de ces détails. L'architecture et la décoration de cette maison la laissaient rêveuse et admirative. Elle fut donc heureuse de continuer la visite, puisqu'elle allait enfin connaître la chambre de Louise. Pour Jeanne, cela représentait beaucoup. Dans cette pièce, on retrouve l'univers d'une personne, ses passions, ses rêves, ses souvenirs... Oui, voir la chambre de quelqu'un correspondait à plonger dans sa plus grande intimité. Alors, la brune avait hâte de savoir qui était vraiment Louise.

Entrant enfin dans la pièce tant attendue, Jeanne resta bien silencieuse. Elle prit le temps de tout décortiquer, elle ne voulait louper aucun détail. L'ambiance se dégageant des lieux apaisa la brune.

De sublimes et imposantes fenêtres prenaient deux pans entiers des murs de la chambre, le tout rendant la pièce incroyablement lumineuse.

«Le matin, c'est le moment le plus impressionnant, on a l'impression de se réveiller au cœur du soleil, sourit la rousse.

— Ça doit être magnifique.

— Tellement. Peut-être que tu le verras un jour, espéra Louise tout en lui faisant un clin d'œil.

— Peut-être, osa rêver Jeanne. Chez Marthe, ma chambre, elle, est illuminée par la *golden hour*, juste avant le crépuscule. Elle passe de l'orange rougeâtre flamboyant au rose violine, puis au bleu sombre de la nuit.

— Le rendu doit être sublime...

— Ça l'est, vraiment.

La plus jeune reprit son inspection. Il y avait une grande bibliothèque qui débordait de livres en tout genre, que ce soit des ouvrages d'apprentissage, des autobiographies, ou encore de la fantasy et des contemporains. Le lit était immense, et les draps avaient des motifs de tulipes noires. La main de Jeanne vint caresser le dessus de la couverture.

— Ce sont des reines de la nuit. Elle symbolise le mystère, ainsi que la force et le pouvoir. Mais pour des raisons évidentes, je préfère juste le mystère.

— Parce que vous êtes si énigmatique Madame Johansson.

— Tout à fait Madame Lecomte, pouffa Louise avant de tourner sur elle-même en faisant virevolter les pans de sa jupe.

Jeanne resta quelques secondes subjuguée par ce spectacle ; Louise était époustouflante.

Au-dessus du lit était accrochée une tenture. En son centre on pouvait voir un triskèle. L'ouroboros, ce serpent se mordant la queue, faisait le tour de celui-ci. Et aux quatre coins du tissu la jeune fille crut reconnaître des runes.

Voyant le regard intrigué de Jeanne, l'aînée prit le temps de lui expliquer.

— Le triskèle n'a pas exactement la même signification pour les Vikings. Pour nous, il représente les trois dieux : Thor, Odin et Freyr. Pour L'ouroboros, il représente le cycle de la renaissance et de la destruction.

— Et les runes?

— Tu sais déjà ce que c'est?

— Je sais qu'on peut les utiliser pour la divination, mais c'est tout… avoua Jeanne.

— C'est normal que tu ne saches pas encore, la rassura-t-elle. Tu viens à peine d'entrer dans ce monde. Si ça t'intéresse, je peux te l'expliquer.

— Avec plaisir, sourit la brune.

— C'est un alphabet venant du Vieux Futhark. Il a été utilisé du IXe au XIIe siècle. Pour ne pas te surcharger d'informations, je ne te parlerai pas des voyelles, des consonnes, et tout le reste… Je vais me concentrer sur l'essentiel, expliqua-t-elle. Les runes sont appelées aussi staves, on les utilise pour l'écriture, la divination et la sorcellerie en générale. Le mot "rune" en lui-même signifie mystère, murmure et secret. Chaque gravure a une signification ésotérique et phonétique.

— Comment les utilises-tu, toi?

— Je fais un tirage le tirage des Normes, à 3 runes, il permet d'interpréter le chemin parcouru, celui sur lequel on se trouve, et celui vers lequel on se dirige. [1] Je pense que Marthe a dû déjà te le dire, mais il faut purifier ton espace, ainsi que tes runes, avant de commencer le tirage pour enlever les anciennes intentions, ainsi que les mauvaises énergies qui auraient pu se déposer. Après cela fait, tu dois brasser tes runes dans leur petit sac dédié, pour bien les mélanger, tu dois ressentir chaque fameuse chaleur dans celles que tu piocheras. Ta première rune, que tu placeras en ligne droite de gauche à droite, te permettra de connaître l'origine de ta situation. La deuxième fera un état des lieux et te donne un conseil. La troisième te montrera la direction que tu dois prendre dans le futur.

— Je pourrais essayer?!

— Bien sûr.» sourit à nouveau la rousse.

Elle était si heureuse d'entrer enfin dans le monde de Louise. Il était différent de celui de Marthe, mais tout aussi captivant, tout comme la rousse. Elle voulait en connaître toutes les subtilités, toutes les nuances.

1 tirage des Normes : fait référence aux déesses de la mythologie nordique qui gravaient dans le bois des arbres le destin des enfants qui venaient de naître.

Non loin du lit, Jeanne vit l'autel de Louise. Contrairement à celui de Marthe, il ne comportait pas les quatre éléments. Dessus se trouvaient des crânes d'oiseaux et de renards. Il y avait des runes gravées sur des rondins de bois.

Beaucoup de pierres ressemblant à l'obsidienne de Marthe qu'Elin lui avait offert. Une corne y était aussi déposée, ainsi qu'une sculpture d'une divinité nordique dont Jeanne ignorait tout. Au milieu de l'autel trônait un miroir avec une surface noire, celui-ci donna des frissons le long de la colonne vertébrale de Jeanne restée subjuguée.

«Oh pardon! s'exclama Louise tout en cachant ce dernier d'un tissu. J'aurais dû prendre des précautions. Surtout que je savais que tu venais aujourd'hui. Je voulais le faire hier soir, mais j'ai complètement oublié, s'excusa la rousse.

— Qu'est-ce?

— C'est un miroir noir. Il permet de communiquer avec les défunts. Mais je ne te conseille de ne plus de regarder à travers. J'aurais trop peur qu'il t'arrive quelque chose. Mes parents ont mis des années avant de m'autoriser à l'utiliser. Je demanderai à mon père de te purifier tout à l'heure, pour ne pas prendre de risques.»

Jeanne acquiesça. La sensation qu'elle avait ressentie en observant ce miroir lui avait suffi.

Des bruits de pas vinrent de l'entrée. Cela stoppa les deux jeunes femmes dans leur visite quasiment terminée. Louise sourit à la brune, voulant la rassurer, ayant tout de suite remarqué le trouble de Jeanne.

«*Pappa*? [2] C'est toi?

La façon dont Louise avait prononcé papa était différente. Son accent habituel était plus ressorti. Jeanne se demanda comment on écrivait ce mot en suédois.

— *Ja, min lilla räv.* [3]

---

2 pappa : papa en suédois
3 Ja, min lilla räv : «Oui, mon petit renard.» en suédois

L'après-midi touchait à sa fin, même si Jeanne ne saisit pas la réponse de l'homme, elle comprit qu'Owen était rentré.

De son mètre quatre-vingt-dix, le patriarche de la famille Johansson fit son apparition. Il était toujours aussi beau. Ses yeux étaient rieurs, ainsi que son sourire, si chaleureux. Ses cheveux blonds commençaient à grisonner. Jeanne le reconnut, même si son souvenir avait été troublé par sa crise. Le voir, ici, avec la présence de Louise, changeait tout. Elle était bien plus heureuse de ces conditions.

— *Hej min lilla räv*, dit-il avant d'embrasser le front de sa fille unique.[4]

L'homme avait une présence rassurante.

— Bonjour Jeanne. Comment vas-tu aujourd'hui?

— Bien, Monsieur Johansson.

— Appelle-moi Owen et tutoie-moi.

— D'accord.

Décidément, les gens de Luménirec n'aimaient pas le vouvoiement et les formules de politesse. C'était bien loin de ce qu'on lui avait rabâché sans relâche pendant ces trois dernières années.

— Dis donc... D'ailleurs, tu n'es jamais passée à mon cabinet, comme prévu, s'indigna faussement Owen.

— Oh, non! Excusez-moi. Euh... Enfin... Excuse-moi Owen!

— Ce n'est pas grave. Mais viens un de ces jours, ou va voir ma femme, elle saura t'écouter si tu as besoin. Elle est bien plus qualifiée que moi dans ce domaine.» expliqua-t-il tout en faisant un clin d'œil à la jeune fille.

Jeanne lui promit que oui. Elle avait vraiment envie d'aller mieux. Et rien que d'avoir recontacté sa psychologue l'avait beaucoup aidée.

---

4 Hej min lilla räv : «Bonjour petit renard.» en suédois

Jeanne était reconnaissante que Marthe la laisse passer autant de temps avec elle. D'autant plus qu'il ne restait que le jardin. Pour la suite des opérations, l'octogénaire avait chargé la jeune fille de redécorer la maison. Elles devraient bientôt aller à Emmaüs, à certaines ressourceries, ainsi que faire un tour sur des sites de seconde main pour acheter de nouveaux meubles ou autres décorations. Le tri qu'avait fait la brune avait désencombré la demeure, laissant certaines pièces presque totalement vides. Ce n'était pas forcément négatif, mais la vieille dame voulait se réapproprier les lieux et accueillir du monde. Autant qu'elle profite de sa retraite et de ses proches. Même si elle avait été seule jusqu'à présent, maintenant elle avait Jeanne. Et puis Marthe avait repris contact avec Aldarik, l'ancien mari d'Elin, le grand-père de Louise. Ils avaient pas mal de choses à se dire.

Jeanne avait hâte de faire tout cela avec sa nouvelle amie. Mais pour l'instant, elle rigolait, se laissant porter par l'énergie de Louise. Basculant toutes les deux dans le lit de la rousse, elles n'arrêtèrent pas de sourire. Il y avait quelque chose de léger dans l'ambiance de la pièce.

«Alors, la maison des Johansson est hantée à ton avis? pouffa la grande aux cheveux roux.

— Non, il ne me semble pas. Après je n'ai pas séjourné la nuit ici, qui sait ce qu'il pourrait se passer?

Les deux partirent de nouveau dans un fou rire faisant bouger le lit dans tous les sens. Essoufflées, le dos contre le matelas, elles regardèrent le plafond étoilé semblable à celui de la salle de bain en essayant de reprendre un rythme respiratoire normal. Puis, Louise tourna son visage vers Jeanne. Celle-ci, ressentant l'attention de la jolie rousse, pivota à son tour. Elle plongea dans les yeux de Louise, ceux-là mêmes qui l'avaient toujours intriguée. Ils étaient faits de nuances de vert qu'on ne voyait que rarement. Ils brillaient intensément, parsemés d'éclats dorés à certains endroits. Jeanne était en tout point subjuguée. Elle sentait le souffle de Louise à quelques centimètres de son visage.

— Tu voudrais vraiment passer la nuit ici ?

Ses joues rougirent. Jeanne avait chaud. Elle baissa la tête l'enfonçant dans le matelas, puis répondit d'une petite voix.

— Un jour, oui j'aimerais bien...

— En tant qu'amies, ou bien quelque chose d'autre ? demanda le plus lentement possible Louise.

— Quelque chose de... d'autre ? Comme... quoi par exemple ? la questionna Jeanne en bafouillant.

— En tant que petites amies ? C'est quelque chose que tu voudrais ?

Jeanne fut envahie par une multitude d'émotions. Elle ne savait pas comment réagir ni quoi dire. C'était la première fois depuis trois ans. Elle était démunie face aux mots si doux de Louise, face à sa beauté, face à son mystère. Mais au fond de son cœur, elle ressentait ce frisson, cette chaleur en pensant à la jeune femme rousse allongée tout près d'elle.

Après de longues secondes, la brune hocha la tête.

— Jeanne, je ne veux surtout pas te brusquer, ou gâcher quoi que ce soit avec toi. Sache que tu n'es contrainte à rien avec moi. Même si tu me dis oui, tu pourras toujours refuser plus tard. Mais, te voir là, à quelques centimètres seulement de moi, après avoir hoché la tête, je n'ai qu'une envie : celle de t'embrasser. Puis-je ?

Louise avala tant bien que mal sa salive après ce long monologue. Son corps tremblait faiblement. Elle regardait si intensément la jeune fille qui la faisait petit à petit tomber amoureuse.

Comme d'habitude Jeanne prit son temps, étant légèrement stressée par la situation. Mais surtout excitée par celle-ci. Allait-elle réellement pouvoir embrasser Louise ?

— Je ne veux vraiment pas te forcer. On a tout notre temps. Déjà savoir que tu as aussi envie de construire quelque chose avec moi me ravit tellement, si tu savais ! Donc... »

Jeanne la coupa, posant délicatement ses lèvres contre celle de Louise. Elle se recula très vite. Le baiser n'avait duré que quelques secondes seulement. Il avait été chaste, telle une légère caresse.

Elles se regardèrent longtemps, s'observant, plongeant dans l'âme de l'autre. Puis Louise s'avança, mettant sa main contre la joue parsemée de taches de rousseur de Jeanne. Alors qu'elle allait poser ses lèvres une nouvelle fois sur celles de Jeanne, elle attendit un signal. Elle pouvait sentir son odeur de camomille et de fraise. La brune baissa le menton et s'approcha, autorisant la jeune femme à sceller de nouveau leurs lèvres. Louise soupira d'aise. C'était si doux, si bon...

Chapitre 22

«Suis-moi» l'invita Louise tout en tendant sa main.

Jeanne hocha la tête et prit sa paume dans la sienne. C'était leur première sortie en tant que petites amies. Elle ne réalisait toujours pas et flottait sur un petit nuage, depuis son séjour chez les Johansson.

Elles avancèrent jusqu'à une minuscule clairière au milieu de la forêt, Jeanne découvrit une vieille chapelle complètement délabrée. Au premier abord, cette dernière aurait pu se fondre dans le décor breton, en raison de son apparence classique, rappelant plutôt le christianisme. Mais en se concentrant bien sur sa structure, la brune remarqua des détails qui ne trompaient pas, comme la croix celtique taillée sur le toit, l'œil-de-bœuf [1] en forme de pentacle, ainsi que les vitraux couverts de la lune et de ses étoiles. Le liseron, le lierre et le chèvrefeuille ombrageaient le lieu de culte.

Jeanne regarda Louise avec étonnement. Des milliers de surprises regorgeaient dans ces bois. Qu'allaient-elles découvrir demain? Un cimetière sauvage? Un étang? Une cascade? Les ruines d'un château oublié?

Louise l'emmena jusqu'au porche grinçant de ce sanctuaire. Elle déverrouilla la vieille porte usée par le temps à l'aide d'une clef.

«Comment as-tu obtenu cette clef?

— C'est un secret, pouffa-t-elle tout en mettant son doigt devant sa bouche.

---

[1] œil-de-bœuf : est une baie verticale de forme ovale ou circulaire, une des sortes d'« œil ». Cette ouverture peut être pratiquée sur une façade, une porte, un mur, une cloison, etc.

Alors qu'elle ouvrait l'accès, sur le seuil, elle expliqua quand même l'histoire de ce lieu.

— C'est un ancien coven s'étant établi à Luménirec. Il y en a eu plusieurs depuis la création de ce village, qui aujourd'hui ressemble plus à une petite ville. Marthe, quand elle était enfant, en faisait partie.

Jeanne regarda Louise interloquée par cette information.

Alors Marthe était dans ce genre de groupe...

La jeune fille se demanda ce que cela faisait de faire partie d'un égrégore aussi fort et chaleureux. [2] Même si Marthe et Louise commençaient à lui enseigner les bases de la sorcellerie, elle se rendit compte de la montagne de savoir qu'il lui restait à assimiler. C'était un apprentissage de toute une vie.

— Puis il y a eu le nôtre, tout petit, voulant s'éloigner de la branche principale de notre famille et du coven en lui-même. Mon grand-père avait récupéré la clef avec le départ des membres ou la mort de certains. Il la garde dans son bureau. Je lui ai déjà piqué plusieurs fois par le passé, pouffa la rousse Je tenais absolument à te montrer cet endroit mystique.

Rentrant enfin, Jeanne découvrit, un lieu de culte esseulé et délabré, dont l'intégralité dégageait une magie importante. L'énergie vibrait dans l'entièreté de son corps.

— Tu la sens, non ? » demanda Louise.

Elle souriait de toutes ses dents face aux réactions de Jeanne. C'était exactement ce qu'elle recherchait. Louise désirait faire découvrir son monde à sa petite amie, mais surtout, elle voulait que Jeanne lève le voile sur qui elle était vraiment au fond d'elle.

La chapelle était joliment décorée, chargée d'histoire et de croyance. Le sol en bois gravé par plusieurs endroits comportait des symboles comme, le triskèle ; l'arbre de vie, Crann Bethadh [3] ; la triquetra [4] ; ainsi que le nœud pérenne. [5]

---

2 égrégore : concept désignant un esprit de groupe constitué par l'agrégation des intentions, des énergies et des désirs de plusieurs individus unis dans un but bien défini.

Au plafond entre les voûtes, Jeanne observa des peintures colorées partiellement effacées par le temps. On pouvait y reconnaître les signes astrologiques, leurs constellations, les quatre saisons, dont la roue de l'année avec ses sabbats et ses esbats.[6] [7] Jeanne y identifia aussi la lune, le soleil, et de grands dieux et déesses celtes.

Pour finir, un pan complet du plafond avait été consacré aux quatre éléments, notamment l'eau. Une divinité époustouflante dégageait une aura incroyable. Elle était entourée de baleines, de dauphins, de cachalots, de pingouins, de phoques, d'orques, de requins et de méduses. Elle y symbolisait le magnifique et tumultueux océan Atlantique.

«C'est prodigieux... Toute cette foi, cette force et l'amour qu'ils ont mis dans ces fresques. Je suis... époustouflée.

Jeanne en perdait ses mots.

— C'est aussi tellement... inspirant. Cela donnerait envie de dessiner pendant des heures ici.

— Tu dessines ? la questionna Louise, intriguée.

— Oui. C'est juste que je n'y arrive plus trop depuis la mort de ma famille...

---

3 Crann Bethadh : vient du gaélique. Il est l'attribut végétal de Lug, dieu suprême dans la mythologie celtique. C'est le symbole de l'équilibre, de l'harmonie, de la force et du cycle de la vie.

4 la triquetra : symbole constitué de trois vesicae piscis, parfois accompagné d'un cercle intérieur ou extérieur. Celui-ci est utilisé par les wiccans pour représenter soit la déesse triple du néopaganisme, soit les aspects interconnectés de l'existence que sont l'Esprit, le Corps et l'Âme...

5 le nœud pérenne : symbole celtique d'amour. C'est un nœud qui ne se défait jamais, il représente donc l'union éternelle des amants, qui survit au temps et à l'espace.

6 sabbats : Les sabbats majeurs sont des anciennes fêtes celtes qui célébraient des étapes importantes de l'année : il s'agit de Samhain, Imbolc, Beltane et Lughnasadh. Les sabbats mineurs correspondent aux solstices et aux équinoxes : Yule, Ostara, Litha et Mabon.

7 esbats : fête païenne mineure célébrée lors des treize nuits de pleine lune par les pratiquants de la Wicca.

— Forcément. Je t'admire pour ta force. Tu n'arrêtes pas de dire que tu es faible, râla la plus vieille.

— Mais je le suis. Je ne peux plus monter dans un véhicule, et ma main tremble à chaque fois que j'empoigne un crayon.

— Déjà, tu as réussi à monter dans une voiture, à l'aller quand nous sommes partis à l'étang. Certes, pas au retour, mais écoute-moi, commença-t-elle. Bien évidemment, on ne guérit pas d'un traumatisme aussi facilement. Ce que je veux dire c'est que tu arrives toujours à t'extasier des petites choses de la vie. Tu apprécies la rosée du matin, le souffle de la brise marine sur ta peau, le bruit de la pluie comme le chant des oiseaux, la beauté d'une fleur, la forme d'un nuage, la chaleur d'une bonne tasse de thé fumante, l'odeur du pétrichor ou du bon pain d'Ouriel aux aurores. Tout ça, tu y portes une importance. Tu as envie de vivre malgré tout.

— Wow. Louise. Je ne sais pas quoi dire...

Cela devenait sa phrase fétiche. À chaque fois Jeanne se laissait surprendre par les mots de sa petite amie. Elle l'avait déstabilisée, dans le bon sens. Ses paroles faisaient écho en elle. Ils avaient de la force, celle dont elle pensait être dénuée.

— Alors, ne dis rien et laisse-toi porter.»

C'est ce que fit Jeanne. Elle ne prononça plus aucun mot, profitant juste de la beauté des lieux et des ondes qui s'en dégageaient. Elle aurait tant de questions à poser à Marthe en rentrant. Pour le moment, elle savourait l'instant, ce temps de qualité partagé avec Louise, sa petite amie. Et en pensant à ces mots, la brune n'arriva toujours pas à en réaliser le sens. Pour elle, c'était impossible, la Jeanne d'il y a deux mois ne la croirait pas. Elle avançait vraiment. Elle pouvait en être fière. Même si le chemin sera dur, la balade en vaudra la peine.

Chapitre 23

Ils étaient tous affairés dans la cuisine des Guillou. Malo venait de revenir de la boulangerie les bras bien chargés. Aux deux hirondelles avait rouvert depuis peu, Josselin faisait tourner la boutique seul avec Jeanne et Malo. Mais surtout grâce à un cousin de Vendée monté l'aider avec sa femme, eux aussi boulangers, comme cela Ouriel pouvait se reposer. Elle reprendrait le travail dans quelques semaines. Même si elle et Josselin se disputaient souvent à ce propos, la trentenaire était têtue et sa boulangerie lui manquait. En attendant, elle profitait de sa petite fille et de ses premiers instants de vie avec bonheur.

Aela était venue, accompagnée de sa maman, Lizig. Elles préparaient les nombreuses tartines et sandwichs de ce pique-nique improvisé. Cela avait été décidé ce matin. Ronan avait enfin ses jours de congés. Cette année encore ils ne partiraient pas en vacances avec Malo, faute de budget. Mais cela ne les empêchait pas de profiter et de se reposer. Alors l'homme bourru, mais attachant, avait choisi d'organiser un déjeuner dans les champs, pas loin du bois entre la maison de Marthe et celle des Johansson. Bien sûr, les deux familles étaient conviées, ainsi que celle d'Aela, et des invités surprises. Personne n'était au courant à part Ronan. Il trépignait d'avance.

Jeanne et Louise, quant à elles, s'étaient occupées des fruits et légumes qu'elles avaient lavés, arrangés, coupés, et mis dans des ramequins. Elles avaient aussi sorti les pickles que Marthe avait faits l'année dernière pour Ronan. Il s'était chargé des boissons avec elle, en passant de la citronnade au thé glacé maison, sans oublier les bièrcs et le vin régional. Ils auraient pu tenir un siège entier avec le nombre de provisions.

Ayant tout chargé dans le coffre du pick-up de Ronan, une équipe prit la voiture et les autres s'y rendirent à vélo. Jeanne faisait partie de la deuxième catégorie, sans grande surprise. Elle savoura ce moment sur la route avec ses nouveaux amis et sa petite copine, chassant l'ombre qui la suivait toujours. Le soleil brillait tellement fort, qu'elle se disait que ses traumas, ses peurs, ses doutes resteraient cachés. Elle l'espérait, et au pire, qu'ils viennent, elle les attendrait de pied ferme, la tête haute. Elle était plus forte grâce à son entourage, sa psychologue, et juste elle-même. Elle se prouvait tous les jours qu'elle pouvait y arriver. Ce serait dur, mais pour la première fois elle avait réellement envie d'y croire.

Les blés leur caressaient les jambes. Il faisait bon. Le temps était clément. Vraiment le père de Malo avait parfaitement choisi son jour. Alors qu'ils étaient tous installés sur de larges couvertures tantôt à rayures, tantôt à carreaux et parfois floraux, les invités surprises arrivèrent. Ils étaient importants, surtout le jeune adulte qui monta la pente qu'ils avaient grimpée auparavant. Jeanne le sentit, car elle vit le corps de Malo se tendre. Il sautilla et se mit à courir jusqu'au jeune homme le visage parsemé de taches de rousseur. Il avait de beaux yeux brun profond. Il portait un mulet blond décoloré à la façon des idoles coréennes. Il s'avança faisant de grands signes à leur groupe, avant de prendre Malo dans ses bras. Il chuchota quelque chose dans l'oreille de l'ami de Jeanne, le faisant rougir. Ils sourirent et les rejoignirent, ainsi que les deux dames derrière eux. L'une au teint hâlé et à la belle chevelure brune courte aux reflets rouges couvait l'autre d'amour. La deuxième était blonde, les cheveux lui arrivant aux épaules. Plus petite que la première, elle rattrapa le garçon que Jeanne pensait être Sulio, dont Louise et Malo lui avaient déjà parlé.

Parvenu à notre hauteur, Malo, le sourire jusqu'aux oreilles, sauta dans les bras de son père.

«Merci de m'avoir fait la surprise papa!

— Alors c'était bien les Philippines? demanda Lizig.

La première femme qui devait avoir bientôt la cinquantaine répondit.

— Oui, Maï était au paradis. C'était son rêve depuis tant d'années. Sulio a aussi beaucoup aimé. L'année prochaine, il aimerait aller en Australie comme jeune homme au pair, et surtout partir sur les traces de ses parents biologiques. Je pense que Maï l'accompagnera quelques semaines ou mois pour l'aider, confia la grande brune.

— Oh, c'est touchant qu'elle le soutienne dans ce parcours.

— Oui, sourit-elle. J'aurais fait la même chose, mais j'ai des obligations professionnelles malheureusement.

— C'est déjà incroyable ce que tu fais pour lui tous les jours, n'en doute jamais mon amour, rassura celle qui s'avérait être Maï. Tu es une super maman Juna, n'en doute jamais.

Jeanne avait une belle impression des deux femmes, elles dégageaient une sacrée aura et un amour inconditionnel. Les larmes lui montèrent un peu aux yeux, voyant leur complicité, la jeune fille ne pouvait que repenser à ses parents. Ils lui manquaient terriblement, chaque jour de sa vie. Elle avait peur de les oublier, de ne plus savoir à quoi ressemblaient leurs voix, leurs visages... Elle était fière d'aller de l'avant, mais si c'était pour qu'ils disparaissent de sa mémoire, elle le refusait. Heureusement que certains instants de vie, objets, musiques ou personnes les lui rappelaient. Ils feraient toujours partie d'elle d'une certaine manière.

Sentant qu'elle était quand même un peu de trop, elle se réfugia auprès de ceux vers qui elle avait finalement réussi à tisser des liens. Elle s'installa sur l'une des couvertures vers Aela qui mangeait des fraises, son sandwich laissé sur le côté.

— Tu n'as pas faim?

— Pas trop... J'ai un appétit de moineau, ne t'inquiète pas.

— OK, Jeanne n'insista pas.

— J'aime trop quand il est comme ça.

La brune regarda dans la même direction que la lolita et vit Malo sourire de tout son être face au blondinet. Louise était avec eux, elle voulait tout savoir de son voyage aux Philippines. Au bout d'un moment elle les laissa seuls, avant de leur lancer un clin d'œil plein de sous-entendus. Jeanne ne put s'empêcher de pouffer. Cela crevait les yeux que les deux garçons étaient fous amoureux l'un de l'autre.

— Qu'est-ce qu'ils attendent? osa-t-elle demander.

— On se le demande tous. J'espère toujours que l'un des deux fasse le premier pas, soupira la blonde.

— Je pense que ça finira par arriver plus vite qu'on ne le croit, annonça Louise, étant revenue.

Elle s'installa avec elles sur la couverture et prit un sandwich qu'elle entreprit de dévorer avec ferveur.

— Une intuition?» demanda Jeanne.

La rousse hocha la tête tout en mâchant la rosette.

Jeanne était vraiment bien. Voir comme cela Marthe et Ronan rigoler ensemble, Lizig, Juna et Maï discuter avec entrain, Malo amoureux, Sulio heureux de retrouver ses amis, ainsi que Louise et Aela devenir proches. Oui, cela rendait heureuse la brune. Elle pourrait s'habituer à tout ça. Elle avait toujours peur que tout bascule, que ce ne soit qu'un rêve. Que ce bonheur ne soit qu'éphémère et s'envole pris dans une tempête de sable, comme le temps dans un sablier. Bien sûr, Jeanne avait parfaitement conscience que le bonheur est fluctuant, il va-et-vient, car tout est une question de cycle en fait. Elle le sait. Mais sa peur est tout autre. Elle guette le drame. Elle n'est toujours pas sereine, s'attendant au pire à chaque instant depuis qu'elle ose à nouveau rêver. Comme si elle pensait que l'univers allait encore la punir. De quoi, de qui, d'où? Elle ne savait pas. Mais la jeune fille angoissait à cette seule pensée.

Une main se posa sur sa cuisse. Jeanne rencontra ces fameux yeux émeraude. Elle comprit que sa petite amie lui demandait si elle allait bien. La brune la rassura d'un sourire, mais Louise était loin d'être dupe, elle avait vu que Jeanne avait fait un début de crise silencieuse. Certes la brune profitait, elle allait mieux, mais on était encore loin de la guérison totale. On dit que le temps arrange tout. Mais si les grains de sable s'envolent, que pourrait-elle faire? Jeanne serait alors bloquée.

Elle essaya de chasser ces pensées qui ruinaient ce magnifique après-midi. Sulio l'aida dans sa quête, apparaissant en compagnie de Malo. Sa petite frimousse était adorable. Il lança à tous un grand sourire, avant de les saluer les uns après les autres.

«Salut, moi c'est Sulio! Je suis un ami de Malo et d'Aela.

— Ah ouais, tu m'oublies carrément en fait! râla Louise.

Jeanne pouffa. Les autres la rejoignirent, faisant rire le petit groupe.

— Salut, moi c'est Jeanne et je suis aussi leur amie depuis peu, et aussi la petite amie de Louise.

En prononçant cette phrase, le cœur de la jeune fille tambourina dans sa poitrine. Elle était émue. Elle n'aurait jamais pensé pouvoir se faire à nouveau des amis. Ses anciens amis étant partis, puisqu'elle était trop lugubre. Mais s'étaient-ils mis à sa place? Elle se sentait coupable. Pourquoi avait-elle survécu, mais pas eux? Elle aurait tout fait pour revenir en arrière et qu'ils prennent sa vie à elle, et pas celles de sa famille. Alors oui, se dire qu'aujourd'hui des personnes l'acceptaient telles qu'elle était, même si elle allait mal, qu'elle n'était pas encore totalement passée à autre chose, cela représentait beaucoup pour Jeanne.

— Tu es arrivée fin juin, c'est ça?

— Hum, confirma la brune.

— Tu te plais ici à Luménirec?

— Plus que je ne l'aurais jamais imaginé, confia-t-elle en soupirant de joie.

— C'est cool! Tu comptes rester?

— Je ne sais pas... J'y réfléchis.

Une lueur brilla dans le regard de Louise. Elle espérait de tout son cœur que sa petite amie s'installe ici, ne serait-ce que quelques mois ou années avant de partir autre part, ou bien pour toujours. Mais oui, la rousse voulait construire quelque chose, ici, avec Jeanne et tous ces amis. Dire qu'elle aussi n'était proche de personne à Luménirec avant l'arrivée de la brune. Elle avait longtemps été trop spéciale, trop commère, à se mêler de la vie des autres, envahissante, bizarre. Avant, comme pour Jeanne, elle avait peur de ne pas être normale. Désormais, toutes les deux sont reconnaissantes de ne pas faire partie de la norme.

— On sera heureux de t'accueillir un peu plus s'il faut. Je ne te connais pas encore, mais si Malo t'aime bien, je lui fais confiance.

Il l'observa longuement, le regard rempli d'amour, avant de reprendre :

— Tu as l'air sympa, dit-il tout en lui faisant un clin d'œil.

— Merci c'est gentil de ta part. Mais tu ne sais pas, peut-être que je suis une psychopathe qui compte tous vous tuer les uns après les autres.» rigola Jeanne.

Tous la rejoignirent. L'atmosphère était douce. Jeanne et Sulio apprirent à se connaître le reste de l'après-midi. Elle se présenta et se rapprocha de ses deux mères. Elle joua aux cartes avec Marthe, Ronan, Louise et Malo, et regarda broder Aela plusieurs heures.

C'était une parenthèse agréable. Peut-être le calme avant la tempête? Ou le début d'un renouveau, qui sait?

Chapitre 24

Les yeux de Jeanne papillonnèrent. Quand elle les ouvrit, elle eut l'impression de se réveiller au cœur du soleil. Les grandes fenêtres de la chambre de Louise faisaient pénétrer toute la lumière de ce dernier, baignant la pièce de son énergie. Elle avait dormi pour la première fois chez les Johansson. Alors qu'elle se redressait, une main se posa sur la sienne.

«Enfin réveillée? gazouilla la rousse.

— Oui, répondit Jeanne avec sa voix rauque du matin.

— Tu as bien dormi?

— Oui, même si cela faisait bizarre de sentir une présence, une chaleur toute la nuit. À un moment, la température était insoutenable!

La jeune femme se leva et sautilla à travers la chambre, prise d'une pulsion.

— Que t'arrive-t-il? rigola la brune.

— Rien. Je suis juste heureuse d'être avec toi.» sourit-elle.

Dans sa poitrine, une chaleur agréable se répandit. Voir le visage de Louise s'illuminer comme ça fit ressortir toute sa beauté. Son sourire était magnifique, il dévoilait ses belles dents, celles de devant se chevauchaient un peu, lui donnant un charme. Et ses taches de rousseur semblables aux siennes faisaient ressortir ses yeux verts si hypnotisants. Oui, Jeanne pourrait se perdre dans la contemplation de sa petite amie tous les jours. En si peu de temps, elle était devenue sa force, celle qui l'aidait à relativiser, celle qui la rappelait à l'ordre quand elle se perdait ou faisait n'importe quoi. Louise était devenue son repère, son pilier.

Sa petite amie sautillait toujours autant. Elle partit dans un coin de sa chambre prendre un paquet caché dans son armoire. Il était emballé dans du tissu pour éviter des déchets inutiles. Ce dernier était magnifique, d'une couleur orange, avec des détails brodés en jaune et bleu. Ses teintes avaient toutes pour point commun : leur pouvoir sur la créativité et la concentration. Jeanne avait bien retenu les leçons enseignées par Marthe. Elle fit une moue avant d'ouvrir le paquet. Que pouvait-il contenir?

Détachant le tissu délicatement, quand la brune vit la boîte en métal aux couleurs de l'arc-en-ciel, les larmes lui montèrent aux yeux. Comment avait-elle pu faire ça? Louise était-elle folle? Il n'y avait aucune occasion particulière.

«Mais... pourquoi? Pour quoi? répéta de différentes manières Jeanne, penaude.

— Comme ça, je sais que tu veux reprendre le dessin, alors je t'ai pris ces crayons. Je sais que c'est une bonne marque et qu'ils te seront utiles.

— Mais... Ils sont tellement chers. 'Fallait pas...

Jeanne faisait de grands gestes ne sachant pas comment réagir. Les larmes roulaient naturellement sur son visage. Elle débordait de joie.

Elle sauta sur Louise, la serrant fort dans ses bras.

— Merci. Merci! Mille mercis Louise! Je t'aime tellement tu ne peux pas savoir à quel point!

Jeanne demeurait quelqu'un de passionné et sensible. C'était quelque chose qu'elle partageait avec Louise, même si cette dernière restait plus réservée.

— Tu m'aimes?

Un sourire espiègle apparut sur le visage de la rousse.

— Oh. C'est sorti tout seul. C'était si...

— Naturel, dirent-elles en chœur.

Elles éclatèrent de rire. La connexion entre les deux femmes était palpable.

Louise reprit un air plus sérieux, venant prendre le visage de Jeanne entre ses mains. Sa peau était douce. Ses yeux plongèrent dans le regard bleu gris de sa petite amie.

— Moi aussi, je t'aime.

— Ah oui ? railla la brune.

— Oui, très fort même.

— Ça tombe bien moi aussi. »

Louise était aux anges, voir sa petite amie si heureuse de son cadeau la mettait à son tour dans une joie incommensurable. Le bonheur de la brune était devenu si vite sa priorité. Bien sûr, elle ne s'oubliait pas. Mais oui, Jeanne, en quelques semaines, était devenue tout son monde. Une étoile était venue s'ajouter à son ciel, décorant la constellation de sa vie.

« Le premier trait est si cruel, celui qui en décidant d'exister peut assassiner une multitude d'autres réalités. » Jeanne en était consciente, surtout en repensant aux paroles de Nekfeu. La main tremblante au-dessus de son *sketchbook*, ce même carnet qu'elle avait commencé il y a plus de trois ans maintenant. Elle, qui les achevait en un an maximum d'habitude, se sentait démunie. Elle avait si peur de tout gâcher, honte d'avoir peut-être tout oublié, que ce soit brouillon, plein d'erreurs, de proportions, de perspectives, que ce soit raté.

Marthe en passant devant la chambre de sa protégée ne put s'empêcher de regarder à l'intérieur. Ce qu'elle y vit lui brisa le cœur. Jeanne était là au-dessus de cette page blanche, le visage ruisselant de larmes, le crayon en main, prise de soubresauts. Elle toqua doucement, ne voulant pas effrayer la brune. Néanmoins, quand la jeune fille se tourna vers elle, apeurée, Marthe se précipita auprès d'elle.

« Tu veux bien essayer quelque chose avec moi ?

Elle ne put que hocher la tête.

— Trace les contours de ma main, proposa-t-elle.

Changeant de couleur pour du violet, relié au spirituel et au chakra couronne, la teinte allait parfaitement à la vieille dame. Mais au moment de tracer les contours, la main de Jeanne qui tremblait jusqu'ici se retrouva figée à quelques centimètres de la feuille.

La main usée par le temps, marquée de veines et plissée de Marthe, se saisit de celle de son amie. L'enveloppant, elle réussit à ce que la brune dessine de nouveau. Jeanne la regarda troublée par cet instant si particulier qui se déroulait. Il restera à jamais gravé dans sa mémoire, le jour où elle put à nouveau crayonner comme elle le voulait.

Cela pouvait paraître minime, surtout quand Marthe enleva sa paume. Ce n'était qu'un dessin d'enfant, quelque chose qu'on faisait en primaire pour s'amuser. C'était imparfait, brouillon… Mais cela représentait bien plus que ça.

— On va essayer avec la tienne, sourit la professeure.

Cette fois-ci, la brune se saisit d'une belle couleur bleu clair, symbole de la guérison et du chakra de la gorge. Il fallait qu'elle libère sa voix, sa créativité, qui elle était vraiment. Elle avait le droit de vivre, fortement, bruyamment, d'être tout simplement.

Répétant les mêmes gestes que précédemment, la main de Marthe vint entourer celle de Jeanne, et elles tracèrent les contours ensemble, partant du poignet, faisant le tour du pouce, de l'index, du majeur, de l'annulaire, pour finir par l'auriculaire. Le temps sembla s'arrêter pour les deux femmes. Seul le bruit de leurs deux respirations les accompagnait. Achevant le crayonné et regardant le résultat, une goutte tomba sur la feuille.

— Cela te dit de l'encadrer? demanda Marthe.

La voix tremblante, Jeanne répondit, les larmes dévalant de plus en plus le long de ses joues.

— Oh oui! Avec plaisir!»

Elle le visionnait déjà dans la maison toute neuve, au-dessus d'une cheminée, dans un magnifique cadre, symbole de leur amitié.

La vie ne l'avait pas laissée tomber, elle lui offrait de merveilleux cadeaux ces derniers temps. Ou plutôt, c'était Jeanne qui avait décidé de lui refaire confiance, de lui sourire, et d'ouvrir ses bras à l'univers. On ne le saurait sûrement jamais. Pour la jeune fille, elle continua d'avancer, petit à petit à son rythme, mais les jours les plus sombres de son existence semblaient être derrière elle.

Chapitre 25

Ce n'était pas la première fois que Jeanne allait chez les Johansson. Mais cette fois-ci était particulière, elle n'allait pas voir Louise, mais sa mère. Owen lui avait dit de passer à son cabinet il y a plus d'un mois maintenant, sauf que celui-ci avait été très occupé ces derniers jours. Sachant qu'elle était plus formée sur le domaine de la santé mentale, Doris serait plus à même de l'aider. Quand bien même, elle n'aurait jamais les mêmes qualifications que sa psychologue, Madame Simon. Jeanne appréhendait un peu, n'ayant vu la maman de Louise que la fois où elle s'était mise en couple avec sa fille.

Dans le cabinet attenant à la maison nordique, de nombreux patients étaient installés dans la salle d'attente. Jeanne eut envie de crier hypocrisie. Certaines des vieilles biques de la boulangerie étaient là. Les mêmes qui colportaient des rumeurs affreuses sur les Johansson. La brune souriait jaune face aux comportements de ces mégères. C'était l'un des côtés de Luménirec qu'elle détestait. Il fallait bien que la petite ville ait des défauts. Malgré certaines choses noircissant le tableau, comme la tendance qu'avaient les habitants de trop boire, pour mille et une occasions, et le fait que tout se sache, Jeanne appréciait de plus en plus Luménirec, pour ne pas déclarer qu'elle l'avait quasiment adopté. C'était très différent de Brest. Était-ce pour cela que cela lui plaisait autant? Tout était éloigné de son ancienne vie. Et puis, il fallait dire que la jeune fille adorait la campagne. Elle avait hâte de voir le paysage changer au fil des saisons, si elle restait bien évidemment.

«Madame Lecomte?

— Oui!» s'exclama Jeanne se relevant d'un coup faisant sursauter l'un des vautours à côté d'elle.

Cheh!

Cela fit sourire la brune, qui pénétra dans le bureau de la maman de Louise. Ce dernier était très épuré, dans un esprit scandinave, fait de bois, avec quelques touches de couleur, deux, trois plantes, un ou deux tableaux avec des paysages époustouflants de la Suède, ainsi que des diplômes en maîtrise de psychologie et de médecine légale. La jeune fille pensa qu'elle avait dû au moins faire quinze ans d'études, si ce n'est plus. Pourtant, la praticienne devant elle ne paraissait pas si vieille que ça.

Parmi toute la pièce, ce qui attira l'œil de Jeanne en particulier fut une photo de famille sur le bureau. Louise posait au milieu de ses deux parents. Elle avait l'air d'avoir sept, huit ans tout au plus.

« Elle était mignonne, hein ?

— Oui, sourit Jeanne, attendrie par la bouille qu'affichait sa petite amie.

— Alors, dis-moi Jeanne ? Est-ce qu'on peut se tutoyer ?

Au lieu de soupirer comme elle aurait pu le faire par le passé, un sourire se dessina sur le visage de la jeune fille. Luménirec et sa familiarité... Cela lui plaisait aujourd'hui. Pourtant, au début, cela l'avait mis sacrément mal à l'aise. Elle voulait créer des liens et en même temps refusait de s'attacher et repoussait tout le monde. Maintenant, elle était entourée, elle aimait ses proches et ils l'aimaient en retour. C'était inespéré.

— C'est d'accord, Doris. Même si j'avoue que ça me perturbe un peu vu la relation que j'entretiens avec votre fille.

La médecin rigola.

— J'imagine bien. Mais vu le sérieux de votre relation et l'amour qu'elle te porte, je préfère qu'on devienne proche. Bon, c'est un peu contradictoire face à la séance qu'on va avoir, mais bien évidemment, cela restera entre nous, puisque ça relève du secret professionnel.

— Merci.

— C'est normal, c'est mon métier, sourit-elle. Par quoi veux-tu commencer ?

— Peut-être par tout le travail que j'ai effectué avec ma psychologue? Ainsi que le début, le commencement? Mais cela risque d'être long... expliqua la brune.

— On a une heure complète et après tu reviendras quand tu voudras. Même si tu te doutes bien qu'à force, nous devrons cesser les séances par rapport à la relation que tu entretiens avec Louise, énonça Doris. Si tu veux, tout en gardant le secret professionnel, je pourrais m'entretenir avec ta psychologue? proposa la maman de Louise.

— Si vous voulez. Cela pourrait être utile.

— Avant que tu me racontes tout cela, comment vas-tu réellement aujourd'hui, là, maintenant, tout de suite, Jeanne?

— Je vais bien, vraiment bien.»

Le dire lui offrit un soulagement incommensurable, car c'était la stricte vérité. Elle était heureuse aujourd'hui. Elle se sentait mieux, même bien.

Chapitre 26

« Merci de m'accompagner. »

La rousse acquiesça pour montrer qu'elle recommencerait mille fois s'il le fallait ; le bonheur de sa petite amie passait avant tout.

Jeanne déglutit quand même en voyant la devanture de l'auto-école. Sur la façade trônaient d'horribles autocollants de voitures et autres panneaux du Code de la route. Elles restèrent quelques minutes devant celle-là. Louise ne voulait pas presser la jeune fille. Si elle n'entrait pas aujourd'hui, ce ne serait pas grave, si elle n'y allait pas demain non plus. Jeanne avançait petit à petit, à son rythme. Le but n'était pas de raviver des souvenirs douloureux et de créer une crise d'angoisse qui pourrait enfoncer la brune encore plus dans son traumatisme. Louise prit la petite main de sa copine et la serra avec chaleur et délicatesse. Elle était là, avec elle, pour traverser cette épreuve. Personne ne la forçait à quoi que ce soit.

Pourtant, une ombre assombrissait le tableau. Depuis leur arrivée à l'auto-école, Jeanne se sentait observée. À l'intérieur sûrement, une monitrice les regardait. Cela angoissait énormément la jeune fille. Que devait-elle penser ? C'était bizarre de rester plantée comme cela devant la devanture sans rien faire. Elle était étrange. Elle se sentait jugée. Néanmoins, était-ce réellement le cas ?

La brune ferma les yeux, se persuadant qu'il n'y avait aucun problème. Elle broya tout de même la main de sa petite amie.

« Tu n'es pas obligée d'y aller aujourd'hui. On en a déjà parlé, on le fera à ton rythme.

— Hum.

C'est tout ce que réussit à bredouiller Jeanne.

Un carillon brisa la bulle des deux jeunes femmes. La brune sursauta et s'écarta à plusieurs mètres de la porte. Une dame d'une cinquantaine d'années à la peau hâlée, brillant davantage au soleil, fit son apparition. Elle avait une aura bienveillante et un sourire chaleureux. Les pattes-d'oie au coin de ses yeux, ainsi que les sillons sur ses joues, montraient toute la joie de vivre qui l'avait traversée depuis sa naissance.

— Je peux vous aider?

Voyant l'état émotionnel de sa petite amie, Louise décida de prendre les choses en main pour éviter à la jeune fille encore plus d'inconfort.

— Oh, non. C'est très gentil de demander. On attendait juste un ami. Il a dû oublier notre rendez-vous, on va s'en aller.

La quinquagénaire allait hocher la tête aux dires des jeunes femmes et rentrer dans sa boutique, mais Jeanne ne lui en laissa pas le temps.

— C'est faux! Je voudrais m'inscrire pour passer mon permis en fait! Jeanne, lâcha cela d'une traite.

— Alors tu es au bon endroit. Rentrez, je vais vous préparer du thé et des petits biscuits et on discutera de ça ensemble.» sourit la monitrice.

Louise fit de même avant d'entrelacer leurs mains et de s'engouffrer toutes les deux dans l'auto-école.

Maintenant, le premier et le plus grand pas était fait.

TW : scène de sexe explicite

Louise arrêta le robinet. L'eau était bouillante à en juger par la fumée qui s'en dégageait. C'était pour faire fondre les sels de bain que la rousse avait préparés la veille. Dans le bain flottaient des roses d'un rouge écarlate, des asters, des lilas, des jacinthes et des capucines de multiples teintes. Le tout se déclinait en un magnifique camaïeu orange. Même si la maman de Jeanne avait toujours été passionnée par les fleurs, la jeune fille n'en saisissait pas la symbolique. Cela l'attristait. La brune se jura qu'elle apprendrait le langage de celles-ci pour se rapprocher de sa maman, d'une certaine manière.

Sur les rebords, comme chez Marthe, la jeune femme avait placé des bougies d'un majestueux bordeaux, d'argent et d'un beau rose pastel. La salle de bain des Johansson était plongée dans la pénombre, mais la lumière des cierges les éclairait. Jeanne était déjà venue se laver les mains ou se doucher auparavant, mais l'ambiance n'avait rien à voir. Elle fixait la fenêtre floutée par la buée dans la pièce, on pouvait s'y asseoir au-dessus du bord de la baignoire. Près de la vitre se trouvait un écrin. À sa vue, son cœur rata un battement.

Ce n'était pas ce que croyait Jeanne, si ?

Jeanne se tourna vers Louise qui la regardait avec amour. Ses yeux, d'un vert vertigineux comme l'immensité de la forêt amazonienne, la fixaient. Jeanne s'approcha alors sur la pointe des pieds, comme si elle avait peur de briser cet instant hors du temps.

Au vu de son attitude, Louise comprit parfaitement ce qui gênait la jolie brune. Elle la rassura en la plaquant contre sa poitrine. La jeune fille agrippa les pans de sa chemise.

«Je t'aime tellement, si tu savais, chuchota la brune, toujours enfouie dans les cheveux roux flamboyants de Louise.

— Moi aussi.» lui répondit-elle tout en caressant avec douceur la tête de Jeanne.

Louise prit le visage de sa petite amie entre ses mains pour l'embrasser tendrement. Leurs deux corps s'embrasèrent à ce contact. Dans ce baiser, elles échangeaient tout l'amour qu'elles éprouvaient l'une pour l'autre et bien plus encore. Ce soir, ce serait elles et rien d'autre. Les deux s'unissant avec pour unique témoin l'univers.

S'écartant de Jeanne, la jeune femme alla vérifier si l'eau était à la bonne température. Constatant cela, Louise descendit son haut en dentelle le long de ses épaules. Les joues de la brune étaient bouillantes. Mais elle n'avait pas peur et n'était pas gênée. Non, au contraire, la jeune fille brûlait de désir pour sa petite amie. Ce soir, elle voulait la faire sienne à l'instar de Louise avec elle. Elle aussi enleva son t-shirt et le passa au-dessus de sa tête. Tout se déroula lentement, de telle sorte que les deux femmes purent s'observer longuement sans gêne. Leurs poitrines s'élevaient à un rythme plus soutenu que d'ordinaire. Leurs pupilles s'étaient légèrement dilatées.

Pourtant, au fin fond de sa tête, au milieu de toutes ses pensées, Jeanne traînait toujours une trace de sa peur. Louise l'aimait. Mais elle n'avait jamais encore vu ses cuisses. L'aimerait-elle même avec ces horribles cicatrices qui déformaient son corps et rendaient sa peau irrégulière et laide? Oui, elle l'aimera. Mais une petite voix dans sa tête la faisait douter d'elle-même et de Louise.

La rousse sentant son trouble s'approcha de sa petite amie avec une aura qui se voulait rassurante.

«Hey... On peut s'arrêter là, si tu ne te sens pas bien. Je ne t'oblige à rien, tu le sais? expliqua Louise le regard brillant. Je t'aime comme tu es, Jeanne Lecomte.

Les larmes roulèrent toutes seules le long des joues de Jeanne faisant briller ses taches de rousseur. Ses mains tremblaient, mais dès que Louise les prit, les tressautements s'arrêtèrent.

— Je sais... Juste, je ne m'aime pas encore assez... Désolée...

— Tu n'as pas à t'excuser de quoi que ce soit. Cela prend du temps de s'aimer entièrement avec nos parts sombres, celles qui ne reflètent pas forcément ce que la société attend de nous. Sauf que c'est cela qui fait notre force, qui nous rend uniques et beaux. Tu es humaine Jeanne. Et tu es la plus magnifique humaine que j'ai rencontrée de toute ma vie.

Jeanne rosit à nouveau ; ses pleurs s'étaient arrêtés. Les propos de la jeune femme la touchaient énormément.

— Merci, chuchota-t-elle presque, prise d'émotion. Et toi, tu es la plus magnifique sorcière que j'ai pu rencontrer au cours de la mienne.»

Louise sourit et vint prendre dans ses bras sa petite amie une nouvelle fois. Elles se laissèrent aller tendrement dans l'étreinte. Jeanne avait confiance en sa partenaire. Elle avait trouvé les mots justes pour la rassurer. Petit à petit, elle apprenait de nouveau à s'aimer. Elle espérait juste au fond d'elle que ce n'était pas que grâce au regard de la rousse.

Ayant pris en assurance, la brune enleva le reste de ses vêtements. Elle vit l'émotion parcourir les pupilles vertes de Louise, troublant la forêt amazonienne. C'était de la tristesse, de la douleur, mais pas de la pitié ou du dégoût comme Jeanne avait pu le redouter. Il y avait aussi du désir. Oui, Louise la désirait. Cela remplit de joie la jeune fille. Elle frissonna et la chaleur finit par gagner tout son corps.

Enfin totalement à nu devant l'autre pour la première fois, elles plongèrent dans le bain que leur avait préparé Louise. La brune soupira de bien être sentant l'eau chaude entourer ses muscles qui se relâchèrent peu à peu. Sa mâchoire se décontracta et Jeanne se laissa aller contre le torse de la rousse. Sentir la poitrine généreuse de sa petite amie dans son dos ne la laissa pas de marbre, bien au contraire. Dans son ventre, un crépitement se fit de plus en plus fort. Elle ferma les yeux et apprécia l'instant présent. Une larme roula le long de sa joue. Elle était réellement heureuse et reconnaissante envers la vie ce soir-là.

Dans sa tête défilèrent toutes les choses joyeuses qui lui étaient arrivées depuis sa venue à Luménirec. L'accueil de Marthe, sa patience, son respect, son amour et sa confiance. Celui de Ronan même s'il lui faisait toujours un peu peur avec sa grosse voix et son corps d'armoire à glace, mais elle ressentait surtout de la gratitude pour son fils. Il lui avait ouvert les yeux sur beaucoup de sujets, il l'avait fait se remettre en question, grandir. Malo lui a également apporté un soutien, une écoute, et de la patience. Pour Aela aussi, sa meilleure amie, qui lui prodigue systématiquement le calme et le repos qu'il lui faut, ainsi que le sentiment d'être comprise. Jeanne était autant reconnaissante pour Ouriel et Josselin, ils l'avaient accueillie dans leur famille, donnée un travail et l'avait aidée à s'intégrer et se faire respecter ici. Elle se sentait moins comme un extraterrestre sur Terre depuis.

Finalement, il ne restait que Louise, sa plus belle rencontre ici, à peu de chose près, car Marthe était en train de devenir bien plus qu'une amie, sa famille. Louise... Louise. Comment ne pas parler de cette jeune femme si mystique? Elle lui avait montré qu'elle pouvait être elle-même, qu'elle avait le droit de vivre et d'élever sa voix. Oui, elle remerciait le ciel d'avoir mis sur son chemin cette magnifique femme rousse.

Jeanne se retourna dans le bain pour faire face à celle qui faisait battre son cœur. L'eau clapota aux mouvements de la brune. Ses mains de part et d'autre des hanches de Louise, son torse penché en avant, elle embrassa fougueusement sa petite amie.

«Je t'aime.

— Moi aussi.»

Très vite, la main de Jeanne recouverte d'eau vint retrouver celle de Louise pour entrelacer leurs doigts. Elles reprirent leur baiser. À ce moment-là, il n'y avait plus qu'elles sur Terre, tout le reste avait été réduit sous forme de poussière. Les problèmes, les traumatismes, le malheur, tout cela était dérisoire, face à l'amour, au bonheur que Jeanne ressentait aux côtés de Louise.

Leurs paumes et leurs doigts se baladèrent à la recherche de zones plus érogènes. Leurs souffles se firent plus saccadés, leurs poitrines se relevaient à un rythme irrégulier. La température devenait insoutenable autour d'elles, l'eau du bain n'aidait en rien leur état. Leurs bouches se mêlèrent à la partie, caressant, embrassant, léchant et aspirant chaque parcelle de leur peau, faisant sursauter, soupirer, gémir l'autre en fonction de l'endroit. Chacune avait ses faiblesses, pour Jeanne, c'était plus le cou, la mâchoire et les cuisses. Pour Louise, c'était le ventre, les lobes d'oreilles et les clavicules. La pièce était remplie de gémissements. Elles se laissaient complètement aller dans ce tourbillon de plaisir.

C'est sous le ciel étoilé d'août que l'on pouvait apercevoir à travers l'immense fenêtre de la salle de bain des Johansson, que Jeanne et Louise se lièrent autant physiquement que spirituellement. Elles se faisaient la promesse de s'aimer dans le respect, la bienveillance et la communication. La jeune fille ne savait pas combien de temps durerait cette relation, mais la mort de ses parents et de son grand frère lui avait appris à apprécier chaque instant, comme si c'était le dernier. Elle le comprenait enfin aujourd'hui. Pour une fois, elle ne pensa pas à l'avenir, du moins pas négativement. Elle était juste là, avec Louise, sous les étoiles.

Chapitre 28

La monitrice de conduite avait accepté que Louise vienne, à condition que cela ne perturbe pas les leçons. Sa présence dans l'habitacle réduisait légèrement l'anxiété de Jeanne. La jolie rousse s'était assise à l'arrière, se faisant la plus discrète possible.

«On est sur un parking désert. On va quand même faire attention, mais il n'y aura personne à cette heure-là. On va juste démarrer la voiture, avancer un peu et l'arrêter, d'accord? demanda Malika.

La belle Algérienne, âgée d'une cinquantaine d'années, se voulait rassurante. Elle était parfaitement au courant de la situation de Jeanne et ne souhaitait que son bonheur. Elle ne la pousserait pas à faire quoi que ce soit sans son consentement. Le but n'était pas de traumatiser encore plus la jeune fille.

Jeanne hocha la tête, mais son corps tremblait.

— Je veux ton accord oralement.

— Oui, Malika, vous l'avez.

— D'accord. Alors, mets tes pouces plus comme ça, tu es trop crispée sur le volant.

Les mains douces de la monitrice se posèrent sur celles de Jeanne modifiant sa position.

— Qu'est-ce que tu dois faire avant de partir?

— Je dois vérifier que tout le monde est bien attaché.

— Mais encore?

— Ah oui! Euh… je dois m'être bien installée, vérifier mes rétroviseurs et m'attacher. Puis, je dois mettre le contact et vérifier qu'aucun voyant n'est allumé à part le frein à main et la batterie.

Ensuite, je demande si tout le monde est attaché, puis je mets la première vitesse, mon clignotant signale mon départ et j'abaisse le frein à main, c'est ça? demanda Jeanne, paniquée.

— Oui, ne t'inquiète pas. C'est tout juste, la rassura la monitrice. Je te laisse mettre à exécution ce que tu viens de me dire.

Jeanne régla ses rétroviseurs, puis son siège et son volant, mais Malika l'arrêta.

— Peux-tu me dire si pour toi, tu vois correctement dans tes rétroviseurs?

La jeune fille s'exécuta, voyant qu'il y avait un souci, elle se retourna perturbée vers la cinquantenaire.

— En réglant ta position dans la voiture après les rétroviseurs, tu casses ce que tu viens de faire.

— Désolée, bredouilla Jeanne.

— Tu n'as pas à t'excuser. Tu es là pour apprendre, sourit la monitrice.

La brune réessaya, et cette fois-ci, elle ne fit pas d'erreurs. Elle demanda bien à tout le monde s'ils étaient attachés, Louise et la monitrice confirmèrent. Alors que son cœur tambourinait dans ses oreilles, que sa poitrine se levait à un rythme irrégulier, que tout en elle avait peur, elle passa la première et enleva le frein à main. Elle souleva son pied de l'embrayage et appuya sur l'accélérateur cherchant le point de patinage. Elle ne respirait plus, étant sous pression. Ce moment ne dura que quelques instants, mais pour Jeanne, elle eut l'impression qu'il durait une éternité. Trouvant enfin celui-ci, la voiture avança toute seule.

— Oh, putain! lâcha la jeune fille.

Ce qui fit rire l'habitacle complet.

— Bravo Jeanne.

— Félicitations mon étoile.» la congratula Louise.

Un sentiment de fierté inexplicable traversa le corps entier de la brune. Elle l'avait fait. Cela relevait du miracle. Dire qu'il y a quelques mois, voire quelques semaines, elle ne pouvait même pas monter dans une voiture sans faire une crise de panique, qu'à chaque fois que l'une d'elles passait à côté d'elle, Jeanne s'écartait de plusieurs mètres de la route. C'était pour cela qu'elle avait son casque en permanence, la protégeant du monde extérieur, de ces véhicules ayant ruiné son existence.

Aujourd'hui, la vérité était tout autre. C'étaient des anciennes pensées. Non, sa vie n'avait pas été détruite. Au contraire, elle était encore au commencement, car elle se jurait qu'elle vivrait longtemps, pour eux, pour elle. Oui, Jeanne avait saisi que, malgré le déchirement qu'elle ressentirait toujours de leur absence, elle avait le droit d'être heureuse, bien que ce ne serait plus jamais pareil. Il ne fallait pas se le cacher ou se mentir : leur mort avait tout changé. Mais avec le temps, les années, la jeune fille comprenait bien qu'elle devait vivre sa vie, en savourer chaque moment.

Alors, oui, pour certains, démarrer une voiture n'était pas incroyable, c'était même banal, un geste quotidien, mais pour Jeanne, c'était inouï, inespéré et totalement extraordinaire.

Un sourire de vainqueur s'afficha sur son visage rempli de taches de rousseur. Elle l'avait fait.

Chapitre 29

Cela faisait quelques semaines que Jeanne ruminait dans son coin. Elle avait des doutes, des peurs, comme si elle essayait de se saboter. Mais le faisait-elle vraiment, ou se posait-elle plutôt les bonnes questions à propos de Louise et de leur relation ? Depuis son arrivée à Luménirec, la rousse avait toujours été mystérieuse, secrète, tel un mirage, un mythe, une créature fantastique, qui, après l'avoir aperçue quelques secondes, une fois disparue, faisait se demander si c'était réel et si la personne avait bel et bien existé. Quand il fallait parler d'elle, Louise restait évasive ; la jeune femme n'avait jamais aimé étaler sa vie. C'était quelque chose qui effrayait Jeanne. Elle avait peur de ne pas vraiment connaître sa petite amie. Était-ce parce qu'elle était si focalisée sur elle-même qu'elle en avait oublié Louise ?

Le cœur lourd, elle se dirigea chez les Guillou, elle avait donné rendez-vous à Malo et Aela. Elle avait besoin de leur avis et conseils. Jeanne savait qu'ils seraient précieux et pourraient l'aider à améliorer la situation. D'autant plus que la jeune fille ne pouvait plus garder cela pour elle-même. C'était nouveau de s'ouvrir, de se confier, de croire à nouveau en l'autre.

Passant le portail, Malo lui sauta dessus. D'un coup, toute la peur, la colère, la tristesse s'envolèrent, le temps d'un instant. Surprise, elle n'avait pas répondu tout de suite à l'étreinte du garçon. L'odeur de pomme et de déodorant la prit au nez. Elle resserra ses mains autour du t-shirt Zelda de Malo. Aela, restée en retrait, les observait, un sourire aux lèvres.

Ils se dirigèrent naturellement vers la chambre de Malo à l'étage. Cette dernière n'était ni trop grande pour un enfant, ni trop petite pour un adulte. Décorée de posters en tout genre, allant de jeux vidéo mythiques comme *Pokémon*, *Minecraft*, *Skyrim*, *Assassin's Creed* et *The Legend of Zelda*, en passant par ses groupes de musique préférés tels que The Neighbourhood, Arctic Monkeys, Stray Kids, Gorillaz, alt-J, Muse, ou encore Cigarettes After Sex. Dans les tons noir, gris et prune, on s'y sentait bien. Malo avait accroché aux murs des photos d'Aela, Sulio et son papa. Il y en avait même de Louise et Jeanne. Elles étaient récentes. À cette vision, le cœur de la jeune fille se réchauffa.

Les deux meilleurs amis attendaient, alors elle s'assit. Jeanne leur expliqua alors la situation, ses doutes, ses craintes. Ils l'écoutèrent attentivement, ayant remarqué ses mains qui tremblaient, ou les larmes qui lui montèrent aux yeux quelques fois.

Malo fut le premier à prendre la parole.

«Tu devrais lui dire au lieu de tout garder pour toi. Cela n'amènera rien de bon de ruminer ça toute seule.

Jeanne se mordit la lèvre. Elle le savait parfaitement, mais c'était dur pour elle, n'ayant plus l'habitude.

— Je sais bien. Mais j'avais peur que ce ne soit moi qui me monte la tête toute seule. Parfois, j'ai des idées saugrenues, et au fil du temps, je vois que ce n'étaient que mes peurs et qu'elles étaient vaines, expliqua Jeanne.

Malo posa sa main sur celle de la brune et lui sourit. Il voyait son trouble intérieur qui ne cessait de grandir.

— Je me doute bien. Mais c'est mauvais de faire traîner la chose. Tu vas juste finir par exploser, et cela risquerait de te coûter votre relation, et tous les progrès que tu as faits.

Les larmes aux yeux, Jeanne regarda Aela, qui n'avait rien dit depuis le début de la conversation. Elle appréhendait son avis, ses mots étaient toujours très justes.

— Malo a raison sur ce coup-là. Tu seras plus légère après lui en avoir parlé, quelle que soit sa réponse. Ce sera bien mieux que d'angoisser dans ton coin. Surtout que tes peurs sont sûrement infondées. Je ne connais pas bien Louise, mais je suis sûre que ce n'est pas méchant ou qu'elle t'aime moins, la rassura Aela.

Jeanne sentit son cœur se réchauffer. Peut-être qu'elle avait raison? Ses mains ne tremblaient quasiment plus.

— Dans tous les cas, quand tu lui auras dit, vous trouverez des solutions, ferez des efforts l'une pour l'autre, et avancerez ensemble. C'est normal d'avoir des désaccords, des ressentis différents dans un couple. On ne peut pas tout savoir, n'étant pas dans la tête de l'autre. C'est pour ça que c'est important de communiquer, conclut Malo.

— Vous avez sûrement raison... Il faut que je lui parle » concéda la brune.

Les deux jeunes adultes lui sourirent avant de l'inviter dans une étreinte réconfortante. Jeanne soupira de bien-être contre leurs poitrines. Les cheveux blonds ondulés d'Aela lui chatouillaient le visage, et la main élancée de Malo faisait des cercles dans son dos.

Cela faisait du bien d'avoir des gens sur lesquels s'appuyer. Elle serait là à son tour pour eux.

Tout irait bien maintenant qu'ils s'étaient trouvés.

Chapitre 30

«Non, ça ne va pas, Louise.

— Qu'est-ce qu'il y a ?

Les yeux de la rousse s'étaient écarquillés, elle ne s'attendait pas à un ton aussi sec venant de Jeanne. Que lui arrivait-il ? Elle n'était pas dans son état habituel.

— Je ne te connais pas, continua la brune, toujours sur le même ton.

L'ambiance était glaçante, cassante. Cela fit frissonner la plus vieille. Elle n'aimait pas la tournure de cette conversation.

— Comment ça tu ne me connais pas ? l'interpella Louise.

— Tu ne m'as jamais vraiment dit qui tu étais, ce que tu ressentais au plus profond de toi. Tu ne m'as jamais rien confié sur ton passé, une anecdote d'enfance ou tes rêves. Tu ne fais que me réconforter, éviter certaines conversations, revenant toujours sur ma personne. Mais qui es-tu ?

Les larmes étaient montées aux yeux de la belle rousse. Ses poings étaient tellement serrés que Jeanne avait peur qu'elle se blesse, mais en même temps elle voulait la pousser dans ses retranchements pour qu'elle se confie enfin. N'avait-elle pas raison ? Depuis le début de son histoire à Luménirec, elle effleurait juste la surface de la personne qu'était Louise Johansson.

Maintenant que la brune allait mieux, elle n'était plus autant effrayée de perdre les gens. Elle passait au-delà de sa peur de l'abandon et de ses traumatismes pour avancer dans sa relation avec sa petite amie.

— Tu le sais. Tu le sais, mieux que n'importe qui. Je n'ai jamais été aussi honnête avec quelqu'un, affirma la jeune femme.

La langue de Jeanne claqua contre son palais. Elle soupira, puis reprit, avec un infime sourire aux lèvres.

— Cela me touche beaucoup Louise, et je vois bien que c'est beaucoup pour toi. Mais je ne connais pas le profond, ce qu'il y a en dessous de la surface, ton essence. Je suis au courant, oui, que tu es d'origine suédoise, que tes ancêtres étaient des Vikings. Je sais que tu viens d'une lignée de sorcières, et que ton père t'a transmis son savoir. Je sais aussi que tu aimes te lever tôt pour aller te promener en forêt, que tu aimes le café noir sans sucre. Je sais que tu adores la nature, que tu y portes une importance énorme et que tu t'intéresses à tout.

La mâchoire de la rousse se contracta. Elle ne pleurait pas, non, Louise ne pleurait pas souvent. Néanmoins, ses yeux étaient humides. Les paroles criantes de vérité de la brune étaient semblables à un coup de poignard dans le cœur. Et en même temps, c'était si ironique et rageant. Un rire jaune sortit de sa gorge.

— Alors tu vois, tu me connais. Puisque rien qu'à travers cela tu en sais bien plus que si je te disais que petite je n'avais pas d'amis, car j'étais la fille bizarre du village. Que si je te disais que les après-midi avec ma grand-mère et Marthe me manquent. Que si je te disais que je veux reprendre le coven familial et changer les choses. Que si je te disais n'importe quoi d'autre, lança-t-elle. Tu le dis toi-même! On connaît mieux quelqu'un à travers ses petites habitudes qu'avec des mots. Je pourrais te dire que je suis la reine d'Angleterre, ce serait terriblement faux. Ou bien que j'aime la lune et les étoiles, car elle me rappelle toi. Mais n'est-ce pas plus intéressant, quand on est juste ensemble, quand je te prends la main, quand je te serre contre moi?

Ça y est, Jeanne était perdue. La peur et la culpabilité revenaient tel un torrent, comme si un barrage avait cédé. Même si elle avançait, et allait de mieux en mieux, ses insécurités n'étaient jamais bien loin, l'attendant au quart de tour. Elle se sentait engloutie sous toute cette pression qu'elle se mettait elle-même.

— Je ne sais pas. C'est vrai que je m'en rends compte que derrière chacun de tes gestes se cache ta personnalité. C'est juste que j'étais tellement obnubilée par ma guérison, que je ne les avais pas vus, ces sens cachés... avoua Jeanne peinée.

— Hey...

Louise posa délicatement sa main sur le bras de Jeanne.

— Je t'interdis de te reprocher d'avoir pris soin de toi, de t'être écoutée, et de faire en sorte d'aller mieux. Si cela t'inquiète, je t'arrête tout de suite. Tu es une super petite amie. Tu es attentionnée, douce, malgré ton sacré caractère quand tu jettes ta timidité au loin, rigola-t-elle. Tu es là pour moi, tu m'aimes, sincèrement, sainement. Alors, ne te reproche pas cela. Vraiment, insista Louise.

Un soulagement mêlé de culpabilité envahit Jeanne ; elle se sentit si sotte. Malo et Aela avaient raison, elle s'était monté la tête toute seule. Elle avait bien fait de parler à Louise, même si elle s'en voulait d'avoir emprunté ce ton acerbe... Faisant tourner ses bagues, le visage baissé, elle s'excusa.

— C'est vrai... Pardon d'avoir élevé la voix. On aurait pu juste en discuter calmement.

— Je te pardonne. Tu as le droit d'être en désaccord aussi. Affirme-toi.

— Maintenant que l'on s'est expliqué, je ne le suis plus, éclaira Jeanne. Je ferai en sorte de mieux communiquer sur ce que je ressens. Je ne veux plus qu'on se dispute pour des quiproquos ou des non-dits.

— Quant à moi, je vais faire attention. Si ça te tient tant à cœur que je te raconte mon passé, je le ferai. On prendra le temps et je te raconterai tout, même s'il n'y a pas grand-chose à dire. Je le fais, car je t'aime.

Les pupilles vert émeraude de sa petite amie l'avaient transpercé. Le cœur de Jeanne battait à tout rompre. Ses joues étaient bouillantes.

Elle aimait plus que tout Louise Johansson.

— Ce n'est pas une obligation. Je ne veux pas qu'après on se le reproche, qu'on s'engueule pour ce genre de chose, qu'on soit puéril.

— Alors on ne le sera pas, car on ne le fera pas. Je veux faire ça pour toi.

La main de Louise vint saisir celle de Jeanne avec tendresse, entremêlant leurs doigts. Ensemble, elles étaient plus fortes.

— Fais-le aussi par envie et pour toi.

— Je le ferai, affirma et insista la rousse.

Le silence avait de nouveau envahi la pièce. Elles se regardèrent de longues secondes, avant d'exploser de rire. Les larmes aux yeux, le ventre douloureux à force de se contracter de joie, elles se prirent dans les bras. L'odeur de la camomille et des fraises apaisèrent Jeanne. Elle adorait tant le parfum de Louise. Il lui ressemblait.

— Je t'aime, chuchota la jeune femme.

Jeanne, nichée dans son cou, lui répondit, le sourire aux lèvres. Pour rien au monde, elle n'échangerait sa place.

— Je t'aime aussi.»

Elles étaient chacune le satellite de l'autre. Heureuses de s'être trouvées, Jeanne et Louise brilleraient ensemble dans l'obscurité de la galaxie.

Chapitre 31

La fête battait son plein depuis déjà plusieurs heures. Tous les jeunes de Luménirec étaient revenus de vacances, ils profitaient, pour certains, avant de repartir dans les villes voisines pour la rentrée.

Depuis combien de temps Jeanne n'avait pas mis les pieds à une soirée? Elle ne s'en rappelait même pas.

Un énorme feu de bois brûlait sur la plage. Parfois, les braises s'échappaient, crépitant sur le sable. Les gens étaient séparés en plusieurs cercles, assis ou debout, le plus souvent accompagnés d'une bière à la main. Une grosse JBL servait de sono, créant une ambiance plaisante au bord de l'eau.

Jeanne, ne connaissant personne, avait très vite retrouvé Louise, Malo, Aela et Sulio. La rousse, voyant sa petite amie s'approcher d'eux, s'exclama et fit de grands gestes.

«Oh, c'est bon les amoureuses, vous vous êtes vu hier, je vous rappelle, les taquina Malo.

Louise tira la langue telle une enfant, ce qui fit s'esclaffer Jeanne qui se blottit dans les bras de sa copine. Elle soupira de bien-être à son contact. La jeune femme se pencha, scellant leurs lèvres, pour se dire bonjour pour la première fois de la journée.

— Ça a été pour les derniers travaux avec Marthe?

— Oui. C'était épuisant, mais on voit le bout! Je n'arrive pas à me dire que ce sera bientôt fini...

— Tu as réfléchi à sa proposition? Ou à la mienne?

Jeanne se mordit la lèvre. Bien sûr qu'elle y avait réfléchi, elle ne faisait que ça ces derniers jours, se retournant dans tous les sens une fois couchée dans son lit.

— J'ai besoin encore de temps...

— D'accord.

Peu importe la décision que prendrait Jeanne, Louise la soutiendrait. Le bonheur de sa petite amie était devenu l'une de ses priorités. Si jamais la brune choisissait de ne pas rester, elles avaient plein de solutions à leur portée. Tout irait bien.

— De toute façon, tu finiras par dire oui. Ici, c'est chez toi maintenant, Jeanne!» s'écria Malo.

Sulio lui sourit et acquiesça aux dires de son ami. Tous étaient d'accord pour dire que Jeanne avait adopté Luménirec.

Un air de rap se lança, et Louise grimaça. Mais Sulio et Jeanne commencèrent à entonner cette mélodie rendant fier des MC marseillais. Malo, voyant le jeune homme s'ambiancer devant lui, craqua une ou deux minutes plus tard, il les rejoignit sur la piste de danse invisible. Le sable s'élevait dans l'air. Jeanne souriait jusqu'aux oreilles ; elle ressentait cet égrégore rempli d'énergie et de magie ; tout le monde était connecté. Surtout quand toute la plage commença à chanter. S'époumoner aurait été plus juste.

Les gens rigolaient et se déhanchaient. Louise, même si elle avait du mal avec ce style musical, ne résista pas non plus. Elle se jeta dans la mêlée, prenant les mains de sa dulcinée, l'emmenant dans une danse endiablée. Dans leurs yeux brillait un feu intarissable.

Au bout d'un moment, à bout de souffle, Jeanne se posa sur le sable, bien éloignée de la fête improvisée sur la plage. Elle s'était mise toute au bord et avait enlevé ses chaussures. La brune adorait sentir les grains de sable entre ses orteils, ainsi que l'eau de l'océan Atlantique la chatouiller. Cela lui rappelait Brest. Aujourd'hui, elle se disait que oui, elle pourrait bien y retourner. Cela ne lui faisait plus peur de revenir dans cette ville qui l'avait vue grandir, dans cette ville où sa famille l'avait aimée. Un sourire se dessina quand elle regarda le ciel dégagé de tout nuage ou pollution lumineuse. Elle observa les étoiles, elle crut déceler les visages de sa maman, de son papa et de son frère. Car maintenant, elle en était consciente, ils étaient partout : dans le vent, dans les yeux d'une biche qu'elle aurait croisée en forêt, ou un chat se baladant dans Luménirec, ou encore dans les vagues, même dans le sourire d'un enfant. Ils étaient omniprésents. Ils étaient dans ses souvenirs et dans son cœur. Ils ne la quitteraient jamais.

«Ça va Jeanne?

Se retournant, elle vit Malo la rejoindre.

— Oh c'est toi. Je ne t'avais pas entendu arriver.

— Oui, ce n'est que moi, pouffa le garçon. Ça va, j'ai vu que tu t'étais éloignée?

Tout en lui répondant, la jeune fille continua d'observer l'océan l'âme légère.

— Oui, j'avais juste besoin de reprendre mon souffle et d'un peu de calme.

Quand il croisa le visage de Jeanne, dépourvu de la moindre trace de tristesse, de souffrance, alors il sut. Il sourit à son tour.

— Ça va vraiment, hein?

— Hum. Merci, c'est en partie grâce à toi.

— Non, c'est surtout grâce à toi, et seulement toi. Tu l'as fait, la corrigea-t-il.

— C'est vrai, souffla-t-elle.

C'était un soupire de joie, quelque chose qu'on ne sort pas souvent.

Seul le bruit des vagues et de la fête au loin les entourait. Jeanne humait l'odeur de sel et caressait les grains de sable, s'amusant avec en silence. Malo était toujours debout, contemplant le paysage.

— Tu veux rester admirer encore un peu les étoiles avec moi? proposa Jeanne.

— Avec plaisir.»

Il s'installa à ses côtés. Ils restèrent longtemps comme cela, paisiblement à observer le ciel et les vagues, profitant du temps de ce début de septembre, chérissant leur amitié.

Chapitre 32

«Je suis trop contente que tu viennes à la maison! s'exclama Jeanne.

— Moi aussi! Et cela me fait d'autant plus plaisir que tu la désignes ainsi. Marthe doit être plus que ravie.

Louise souriait, elle rayonnait tel un soleil. Elle n'arrivait toujours pas à croire que Jeanne restait. Des traces sur ses bras montraient qu'elle s'était pincée de nombreuses fois ces derniers jours. Mais, non, ce n'était pas un rêve.

— Tu n'imagines pas à quel point. Elle le raconte à qui veut l'entendre dans tout Luménirec, rigola Jeanne.

— Je suis contente que tu aies accepté de rester... avoua Louise émue.

— Moi aussi.

Jeanne se rapprocha de sa petite copine, lui prenant la main avec délicatesse. Elle l'attira à elle pour venir l'emprisonner dans ses bras. Louise sentait bon la camomille et les fraises. Ses câlins étaient toujours les meilleurs, ils renfermaient une douceur incroyable, un respect fort et tout l'amour qu'elle lui portait.

Au bout de longues minutes, les deux s'éloignèrent et Jeanne monta les affaires de Louise dans sa chambre. Cette dernière l'accompagna, la suivant à travers les couloirs de la demeure de Marthe.

— On ne reconnaît plus rien!

— C'est vrai que tu venais souvent quand tu étais plus petite avec ta grand-mère, se rappela Jeanne.

— Hum. Le travail que vous avez fait est dingue. Surtout que je trouve que vous n'avez pas dénaturé l'endroit. On s'y sent toujours aussi bien.

— Merci.

Jeanne était très reconnaissante de recevoir ces compliments. Cela lui avait pris tout l'été pour aider Marthe dans ces travaux monumentaux. Heureusement que les deux femmes avaient fait appel à des ouvriers pour les tâches les plus complexes et importantes.

— J'ai hâte d'observer les étoiles avec toi ce soir, confia la jolie rousse.

— Moi aussi si tu savais! Je comptais les jours depuis que tu m'avais annoncé l'état du ciel et la météo. J'avais trop peur qu'il ne se couvre et qu'il faille reporter.»

Il fallait profiter du ciel du début de septembre, portant encore ses couleurs d'été. Malheureusement, les étoiles filantes seront bientôt absentes. Elles se remémoreront tous les souvenirs qu'elles avaient créés, ici, à Luménirec, lors de cette saison si particulière.

«Que vas-tu faire à la rentrée Louise? demanda avec bienveillance Marthe.

Jeanne servait tout le monde à tour de rôle. La table était bien garnie, entre les tomates mozza, les salades de carottes et de concombres, les céréales méditerranéennes, le taboulé maison, l'houmous de pois-chiche et de pois-cassé. Elles avaient accompagné le tout de grillades de porc et de saucisses. Peut-être que Jeanne et Marthe s'étaient emballées à la venue de Louise ; elles étaient bien trop excitées et heureuses de sa présence. Les trois femmes s'étaient installées dehors pour profiter de la fraîcheur du soir, ainsi que des derniers rayons de soleil.

— J'aimerais beaucoup reprendre le coven avec l'aide de mon papa, ainsi que mes études de vétérinaire à distance.

— Je vois, comme ça tu pourras mieux t'organiser. Tu ne vas pas t'ennuyer, gloussa l'octogénaire.

— C'est clair, rit à son tour Louise.

Jeanne, tout en se resservant de tomates et de mozzarella, confia ses futurs projets.

— J'ai décidé de me remettre sérieusement au dessin en créant une bande dessinée inspirée de mon vécu et de mes aventures à Luménirec.

— Cela te ressemble bien.

— J'ai déjà hâte de la lire, sourit la belle rousse.

— Je vais aussi continuer de travailler pour Ouriel et Josselin. Ils peuvent enfin embaucher quelqu'un d'autre, et vont agrandir la boulangerie avec un espace café.

Jeanne en avait déjà brièvement parlé avec elles, alors les deux femmes n'étaient pas totalement surprises. Elles se réjouissaient de l'avancée et du futur de Jeanne.

La main de Louise se posa sur la cuisse de la brune. Elle se pencha vers l'oreille de sa petite amie.

— Je suis fière de toi.

— Moi aussi, je suis très fière de toi.»

Marthe les regarda, attendrie, tout en caressant son obsidienne entre ses doigts. Le bonheur l'envahit de se dire qu'elle avait tout gagné en postant cette annonce sur ce site. Maintenant, elle aussi n'était plus seule. Son foyer avait retrouvé la vie et l'amour d'antan. Elle sourit en pensant à Elin. La sorcière savait que cette dernière serait fière et heureuse pour elle.

Allongées dans l'herbe du jardin, seulement couvertes de leur chemise de nuit, les jambes entremêlées, les deux jeunes femmes observaient la Voie lactée. Puisque oui, Jeanne, au travers, de cette saison était devenue une femme. Bien évidemment, ses traumatismes ne s'étaient pas effacés, mais désormais, elle pouvait vivre avec. Elle se savait entourée et soutenue. Sa nouvelle famille ne remplacera jamais l'ancienne, mais aujourd'hui, elle n'avancerait plus seule. Elle en avait la certitude.

«Dans ma pratique, ce que m'a enseigné ma famille, qui leur vient de leurs ancêtres, c'est l'arbre cosmique Yggdrasil qui fait office de charpente des mondes. Il soutient et abrite les neuf cosmos, dont chacun est le domaine propre d'un élément ou d'une créature, expliqua la rousse. Les neuf mondes sont répartis en trois échelons. Aux niveaux les plus hauts surplombent : Ásgard, le royaume des Ases où on retrouve le Valhalla; Vanaheim, le royaume des Vanes; Ljösalfheim, la terre des Elfes lumineux, commença Louise. Au niveau central se trouvent : Midgard, le royaume des Hommes; Nidavellir, le monde des Nains; Jötunheim, le royaume des Géants, continua-t-elle. Aux niveaux les plus bas gisent : Svartalfheim, le royaume des Elfes noirs; Muspellheim, le monde du feu, gardé par le géant Surt; Helheim, le domaine des morts, le monde des Glaces qui est en conflit avec Midgard.

La brune dévorait sa petite amie des yeux. Elle était absorbée par ses explications. La pratique de Louise l'intéressait autant que celle de Marthe.

— Je pourrais t'écouter pendant des heures...

— Et moi, j'aime te raconter mes légendes, mes croyances, sourit la jolie rousse.

Leurs mains vinrent se rejoindre dans une douce caresse, leurs doigts s'entremêlant alors qu'elles plongeaient dans le regard de l'autre.

Louise ne l'avait pas sauvée. Non, Jeanne y était arrivée seule. Néanmoins, elle était reconnaissante de tout le soutien et l'amour que lui avait donné la rousse. Avec elle à ses côtés, elle se sentait plus forte pour combattre l'avenir. Bien sûr, celui-ci serait semé d'embuches, mais cela ne l'effrayait plus, mais alors plus du tout.

— Oh, regarde! s'exclama Louise. Une étoile filante! Fais un vœu.»

Alors, tout bas dans sa tête, comme si quelqu'un d'autre qu'elle-même pouvait l'entendre, elle chuchota dans ses pensées:

«Je voudrais savourer chaque instant que la vie m'offre.»

Chapitre 33

« Vous pouvez sortir du véhicule. Les résultats devraient apparaître sur le site d'ANTS dans 48 heures. En vous souhaitant une bonne journée, expliqua l'examinateur.

Jeanne s'extirpa de la voiture de l'auto-école un peu encore dans les vapes. Les mains encore tremblantes, elle n'arrivait pas à réaliser l'exploit qu'elle venait d'accomplir. C'était assez fou, mais elle l'avait fait. Oui, et Jeanne pouvait être fière d'elle.

La jeune fille regarda Malika en se mordillant la lèvre. Malgré la joie d'avoir passé le permis, elle n'en restait pas moins angoissée de l'issue de cet examen.

— Pour moi, tu t'en es très bien sortie. Après, on ne sait jamais. Je vais croiser les doigts pour toi. Dans tous les cas, je suis très fière de toi Jeanne. Sachant d'où on partait, ce n'était pas gagné, mais tu l'as fait, sourit sa monitrice.

— Merci beaucoup. Ça me touche énormément.

Malika tourna la tête en direction d'une personne en retrait sur le parking du centre d'examen du département. Jeanne se retourna et vit une belle femme aux cheveux d'un roux flamboyant qui virevoltaient au gré du vent : Louise. Très vite, le stress s'envola lui aussi. Après avoir dit au revoir à sa monitrice, Jeanne courut jusqu'à elle, pour sauter dans ses bras. Sa copine lui avait manqué. La tête nichée dans son cou, ses bras autour de son torse, sa poitrine contre la sienne, Louise lui chuchota :

— Alors ?

— Ça s'est bien passé, mais il y a toujours un petit doute… Et je ne veux pas me porter l'œil.

La jeune femme hocha la tête avant de serrer à nouveau Jeanne dans ses bras, le plus fort possible.

— Je suis si fière de toi.» dit-elle, la tête enfouie dans les cheveux de la brune.

Elles aimaient l'odeur l'une de l'autre. La bergamote et le patchouli se mêlèrent à la camomille et les fraises, apaisant les deux femmes. Jeanne en avait presque oublié l'examen. Bien sûr, l'angoisse des résultats traînait toujours dans un coin de sa tête et tordait son ventre. Néanmoins, aux côtés de Louise, tout semblait toujours plus ridicule, plus dérisoire. Alors elle se concentra plutôt sur toutes les belles choses qu'elle ferait ces prochains jours avec ses amis, avant la rentrée. Avant qu'Aela et Sulio repartent dans leurs villes d'études. Avant que Malo soit bien pris par les cours. Avant que Louise commence sa formation pour sa reprise du coven familial.

Ce serait un nouveau départ.

Main dans la main, elles se dirigèrent vers le bus en direction de Luménirec pour rentrer à la maison.

Quelques jours plus tard, le macaron et le papier (faisant office de permis éphémère en attendant de le recevoir) trainaient sur la table de nuit de Jeanne. Des habits, chaussures, pierres, bougies et papiers en tout genre étaient éparpillés aux quatre coins de la pièce. Sa valise ouverte sur le lit, la brune préparait ses affaires pour les vacances. Malo, Aela, Sulio, Louise et elle partaient cinq jours un peu plus au sud de Luménirec. Ils avaient besoin de changer d'air, de décompresser, avant de reprendre le rythme de la rentrée.

Jeanne complètement prise dans son l'organisation de son bagage, n'entendit pas Marthe entrer.

«Tu t'en sors?

La brune sursauta.

— Hum. J'hésite juste pour mon autel portatif.

— Ne t'encombre pas d'artifices. *Less is more*, sourit son amie.

Prends juste une branche de romarin, une bougie blanche et un quartz fumé. Ils remplaceront tout le reste. Sers-toi de ton cœur et tout se passera bien.

— Merci Marthe.

La jeune fille entreprit de prendre les effets conseillés, avant de ranger ses affaires.

— Je suis contente que tu aies décidé de rester, confia la vieille femme.

— Moi aussi. Je suis fière de moi, d'avoir osé te demander sans me sentir coupable.

— Tu n'as pas à l'être. Tu es ici chez toi.

— Oui, confirma la brune. Merci pour tout Marthe.

— Merci surtout à toi.

Son cœur battait à toute allure, Jeanne hésitait à prononcer les mots qu'elle ressentait depuis longtemps... Voyant le regard doux et patient de son amie, la jeune fille essuya ses mains moites sur son short en lin.

— Je t'aime, Marthe. Énormément.

Les yeux de la vieille dame brillèrent. Les mains tremblantes, elle attira Jeanne dans une étreinte. Ses mains, usées par le temps, caressèrent les cheveux de son amie. Jeanne pouvait entendre leurs cœurs battre à l'unisson. Cela l'apaisa, ainsi que son parfum aux odeurs de rose et de pamplemousse.

— Moi aussi, je t'aime Jeanne.»

Une larme de bonheur roula le long de la joue de Jeanne.

Elle avait trouvé sa place.

Épilogue

«Vous êtes prêts? demanda Jeanne.

— Oui! répondirent-ils tous en chœur.

Le groupe était bien trop excité et heureux de partir tous ensemble.

— Prems à l'avant! s'exclama Malo.

— Euh... Priorité à sa dulcinée! s'indigna Louise.

— Maiiis!

— Tu seras mieux à l'arrière avec Sulio» insinua la rousse.

Malo piqua un fard. Louise adorait le taquiner, c'était quelque chose qui n'avait jamais vraiment changé malgré les années. Jeanne les regarda amusée. Comme si le concerné avait senti qu'on parlait de lui, Sulio arriva bien chargé pour ce dernier week-end à Luménirec tous ensemble avant de repartir pour leurs études.

Quand tout fut chargé dans la voiture et que tout le monde fut attaché, Jeanne introduisit la clef et mit le contact. Elle démarra le véhicule et partit en direction de vacances bien méritées.

Le chemin défilant devant ses yeux, elle observa dans le rétroviseur Luménirec rétrécir au loin, ainsi que la maison de Marthe à l'écart du village. Plus loin, elle pouvait voir la forêt et savait que derrière se trouvait le manoir des Johansson. Elle regarda sa rousse quelques instants avant de se concentrer sur sa route. Un sourire vint se dessiner sur son visage. Elle l'avait fait. Elle avait eu son permis, elle ne faisait plus de crises d'angoisse, elle s'était fait des amis, une famille, une petite copine. Elle avait un travail à plein temps à la boulangerie d'Ouriel et pouvait continuer de rester auprès de Marthe. Elle avait repris le dessin, et montait tranquillement sa petite entreprise en tant qu'illustratrice et bédéiste comme elle en avait éternellement rêvé. Elle savait bien que la vie continuerait d'être semée d'embuches, mais avec eux à ses côtés, elle avait foi en l'avenir.

Puisque même sous les étoiles invisibles, Jeanne savait que celles-ci veilleraient toujours sur elle.

sommaire

- 6   note d'autrice et ressources
- 9   avertissement
- 13   chapitre 1
- 21   chapitre 2
- 31   chapitre 3
- 47   chapitre 4
- 51   chapitre 5
- 60   chapitre 6
- 67   chapitre 7
- 76   chapitre 8
- 83   chapitre 9
- 92   chapitre 10
- 95   chapitre 11
- 100   chapitre 12
- 105   chapitre 13
- 110   chapitre 14
- 113   chapitre 15
- 120   chapitre 16
- 124   chapitre 17
- 128   chapitre 18
- 134   chapitre 19
- 140   chapitre 20
- 144   chapitre 21
- 155   chapitre 22
- 159   chapitre 23

165 chapitre 24
170 chapitre 25
173 chapitre 26
175 chapitre 27
180 chapitre 28
183 chapitre 29
186 chapitre 30
190 chapitre 31
194 chapitre 32
199 chapitre 33
202 épilogue
204 sommaire
206 remerciements
209 à propos de l'autrice

remerciements

En écrivant ces remerciements, j'espère n'oublier personne. Sachez que je suis reconnaissante envers chaque personne ayant cru en moi et mon roman. Merci à tous.

Tout d'abord, ce livre ne serait pas le même sans les retours précieux de mes bêta-lecteurs, grâce à eux j'ai pu le polir, le rendre aussi touchant que je le voulais. Je tenais particulièrement à remercier Kay, William, Sasha, Léa, Carla, Oana et Solène.

Merci à Aimie, d'avoir cru en ce projet. Tes mots de fin de bêta-lecture resteront gravés à jamais dans ma mémoire. On a pu s'entraider sur nos projets communs via nos échanges, qui me sont toujours indispensables. Tu es devenue une amie que je chéris précieusement.

Merci à Chloé et à Kimmy, mes fidèles lectrices, celles qui me suivent, peu importe le projet en question. Merci du fond du cœur pour votre soutien avec vos messages, vos commentaires, vos votes et vos partages.

Comment ne pas parler de Sam? Sunshine, Sunny, celui qui a apporté la lumière dans ma vie quand j'en avais le plus besoin avec Stray Kids. Ses renseignements précieux à propos du langage des fleurs, ainsi que son soutien dans ma vie en générale, m'ont énormément aidé. Promis je viens bientôt te voir pour te faire une dédicace et un câlin.

Mathilde, tu te reconnaitras directement, ma reine, ma sœur QLF le L'en l'air. Sans toi, l'aventure de l'écriture n'aurait pas été la même. Nous nous sommes trouvées pendant le premier confinement, et depuis, nous nous sommes plus lâchées pour mon plus grand bonheur. Sans tes précieux conseils lors de mes premiers projets, je n'aurais pas autant évolué et cru en mes rêves, alors merci.

Merci à ma famille, tout particulièrement ma maman, ma fidèle correctrice, bêta-lectrice, première supporter. Merci de ton objectivité, je sais que c'est dur en tant que maman de faire la part des choses. Merci d'avoir toujours cru en moi.

Merci à Kevin, qui m'a soutienu dans chacun de mes projets depuis notre rencontre. Merci pour le site web. Merci pour tout.

Merci à tous mes amis, notamment Joy, Arthur, Juliette, Jérôme, Anaïs et Adeline. Merci à Leia, de me comprendre, me soutenir... On partage tellement de passions, de souvenirs et d'amour. Tu restes l'une des personnes qui a le plus marqué ma vie, et je t'en remercie, car je ne sais pas si je serais toujours là aujourd'hui, sans toi. Je t'aime.

Merci à Jeremy, pour tes conseils, tes enseignements, ta présence et nos passions communes. Sans ta rencontre, *Sous les étoiles* n'aurait pas vu le jour, du moins, pas de cette manière. Merci à Leia et toi, d'avoir influencé ma pratique, ma vie, avec la sorcellerie.

Julia, je dirais juste merci d'être rentré dans ma vie. Tu as beaucoup contribué à mon bonheur ces derniers mois lors de cette période difficile. Je suis heureuse d'aujourd'hui te compter parmis mes ami.e.s.

Manon, toi aussi, merci, pour ta bonne humeur, ta folie, ton monde intérieur, tes retours, ton amour. Reste cette belle humaine que tu es.

Mune, Moonshine, mon alpha et bêta-lecteur, mais surtout mon frère de cœur. Merci de t'être ouvert à moi, de m'avoir fait confiance et fais rentrer dans ta vie. Je chéris chaque moment passé à tes côtés (virtuellement malheureusement). Merci pour ton soutien dans mes projets. J'essaye de venir très vite sur la côté Ouest!

Petite pensée pour Tifa Six, avec qui j'ai de grandes conversations sur l'écriture, le monde de l'édition en général, l'amour, la vie et les BTS. Merci de m'avoir fait croire en mon projet, merci de m'avoir fait pleurer et rêver à travers tes histoires aux messages importants et profonds.

Comment ne pas parler de Momo et Laura, mes copines d'écriture. Vous m'avez fait croire en la possibilité de vivre de ma plume, vous m'avez poussé à me lancer, à moi aussi sortir mes propres livres originaux en auto-édition. Vous êtes une source intarissable d'inspiration, des modèles pour moi. Notre rencontre à Montreuil restera à jamais gravée dans ma mémoire. Merci d'exister.

Mention aussi pour May, qui m'a fait l'honneur de bêta-lire quelques chapitres de *Sous les étoiles*. C'est une grande autrice qui ira loin, j'en suis persuadée. Elle sait mettre en valeur de beaux messages à travers ces histoires douces, malgré parfois beaucoup de souffrance. On ne se refait pas, mes histoires préférées sont celles avec la trope *hurt/confort*. Merci pour Jisung de *Fight My Pain*, merci pour Minho de *The Last*, merci pour le Binsung de *Excuse me Dwaekki, do you need a boyfriend?* ainsi que pour Jake de *Le temps d'un été*. Mais surtout merci pour l'OS que tu m'as écrit.

Et enfin : Mariette. Le Chan de mon Lix. Tu es très vite devenue un soutien moral, une confidente, quelqu'un de confiance, avec un avis précieux. Tes commentaires sur mes écrits sont toujours drôles, mais aussi très pertinents. Tu me pousses à m'améliorer, toujours donner le meilleur de moi-même, sortir de ma zone de confort. Aujourd'hui, tu es une amie précieuse. Merci d'avoir marqué autant ma vie que mon cœur. Je t'aime.

à propos de l'autrice

Camille Baclet est née en 1998 en Franche-Comté. Passionnée depuis toujours par le dessin d'animation, les histoires d'aventures, de fantaisie et d'amour, elle se dirige lors de ses études supérieures vers une école d'art. Diplômée mention Bien en animation 3D en 2020, cette dernière décide en plein confinement de reprendre sa deuxième passion après le dessin : l'écriture. Trouvant un public sur Wattpad, elle se lance enfin en 2022 dans l'écriture de son premier roman original : *Sous les étoiles*.

Animée par ses nombreuses passions, Camille se donne corps et âme pour proposer à ses lecteurs des livres sur des thèmes variés et engagés. Au détour des pages de ces œuvres, vous trouverez sûrement un bout de ses influences comme *Amélie Poulain, Twilight, Hunger Games, Nana, Pandora Hearts, Outlander, Kiki la petite sorcière, Naruto* ou encore *La reine des neiges*.

Vous pouvez retrouver et contacter l'autrice sur son site internet ou encore ses réseaux sociaux :

www.lebazardecamille.fr

@camille_baclet
@lebazardecamille

@Camille_Baclet